인간 실격

人間失格

인간 실격 | 다자이 오사무

김경일의 심리로 읽는 고전 시리즈

저녁달

『인간 실격』을 추천하며

※ 제 추천의 글이 스포일러가 될 수 있으니, 온전히 자신만의 감동을 느끼고 싶은 분은, 소설을 다 읽은 후에 제 글을 읽을 것을 추천합니다.

진짜 나를 감춘 채
살아가는 사람들

'나는 정말 인간답게 살고 있는 걸까?'

혹시 이런 생각을 해보신 적이 있으신가요? 아침에 일어나서 매일 똑같은 루틴을 반복하고 사람들과 웃고 인사를 하고 누군가의 말에 고개를 끄덕이며 "그랬구나." 하며 대답은 하지만 정작 내 마음은 어디론가 사라진 듯한 그런 느낌 말이지요.

다자이 오사무의『인간 실격』은 바로 그 질문에서 출발합니다.

주인공 요조는 지옥 같은 인간사회에 적응하지 못한 채, 점점 자기 내부로 침잠해 들어가는 인물입니다. 단순히 사회 부적응자나 우울증 환자라고 볼 수도 없고, 인간으로 산다는 것이 얼마나 낯설고 외로운 일인지를 아주 솔직하게 보여주는 '마음의 지도' 같은 존재입니다.

사람은 이해받을 때 살아 있다고 느낍니다. 사랑을 받

을 때보다, 인정받을 때보다, 심지어 성공할 때보다도요. "아, 저 사람은 나를 정말 이해해주는구나."라는 감각이 있을 때, 비로소 내가 나로 존재해도 괜찮다는 느낌을 가지게 됩니다. 그런데 요조는 그 '이해'라는 감정을 제대로 경험해보지 못한 채 살아갑니다. 그것이 이 소설이 던지는 가장 묵직한 질문이지요.

"이해받지 못한 채 살아간다면 인간으로 존재할 수 있는가?"

우리는 모두 누군가에게 보여지는 삶을 삽니다. 그런데 문제는 그 보이는 '겉모습'과 내면의 '진짜 감정' 사이에 자꾸만 거리가 벌어지기 시작할 때입니다. 그 간극이 크면 클수록 사람은 점점 더 외로워지고 고립됩니다.

요조는 그 간극을 '가면'이라는 방식으로 극복해보려고 합니다. 사람들을 웃기고, 눈치 보며 반응을 맞추고, 절대 자신의 진심을 꺼내지 않습니다. 그건 그가 비겁해서가 아니라 그 진심이 꺼내졌을 때 거절당할까 두려워서입니다. 인간이 '미움받는 것'보다 더 무서워하는 감정이 바로 '이해받지 못하는 것'이거든요.

우리는 전보다 훨씬 많은 사람들과 연결되어 있습니다. 메시지는 빠르고, 얼굴은 자주 마주치고 피드 속에는 누군가의 감정이 시시각각 올라옵니다. 그런데 이상하지 않으신가요? 이렇게 연결되어 있는데도 외로움은 줄어들지 않습니다. 오히려 더 깊어졌다는 분들이 많습니다. 왜 일까요? 이유는 단순합니다. 연결은 되었지만 이해는 되지 않았기 때문입니다.

『인간 실격』은 요조라는 인물을 통해 이 시대를 살아가는 우리 모두의 마음 깊은 곳을 건드립니다. 그는 우리보다 약하거나 병든 사람이 아닙니다. 단지 감정을 말할 말이 없었고 이해해줄 사람이 없었던 거죠. 그리고 그것은 우리의 이야기이기도 합니다.

지금부터 요조의 이야기를 따라가보려 합니다. 그의 감정 하나하나를 들여다보면서 우리의 내면도 함께 살펴보게 된다면 좋겠습니다.

요조: 위선과 진심 사이에서 길을 잃은 인간

요조는 늘 인간으로 살아가는 것이 무엇인지 모르겠다고 말합니다. 어릴 적부터 자신이 '인간이 되는 법'을 배우지 못했다고 말합니다. 사람들과 잘 어울리지도 못했지만 그렇다고 대놓고 소외된 것도 아닙니다. 요조는 애써 사람들 틈에 섞입니다. 그리고 그 속에서 자신이 어색하지 않게 보이도록 연기합니다. 여기서 주목할 부분은 그가 연기하기로 선택한 것은 '생존 전략'이었다는 점입니다.

사람은 누구나 타인의 시선을 의식합니다. 어느 정도는 그래야 사회적 관계도 유지되고 공동체 안에서 갈등을 줄일 수 있기 때문입니다. 그러나 그 시선이 내 존재를 좌우할 정도가 되면 인간은 진짜 감정을 숨기기 시작합니다. 요조는 바로 그 지점에서 살아갑니다. 그는 웃습니다. 재밌는 사람처럼 행동합니다. 모두가 좋아하는 '분위기 메이커'로 자리 잡습니다. 그런데 그 웃음은 겉으로만 있고 마음 안쪽은 철저히 비워져 있습니다.

우리는 이 지점에서 요조의 첫 번째 심리적 단절을 목격하게 됩니다. 진심과 위선 사이에 감정이 갇히는 상태 바로 그 안에서 요조는 점점 자신의 진짜 감정을 느끼지 못하게 됩니다. 심리학적으로 보면 '감정의 분화(differentiation)' 능력이 약해진 상태입니다.

기쁘다고 말하지만 실제로는 불안하고 괜찮다고 웃지만 사실은 고립감 속에 있습니다. 이런 감정의 분화 장애는 현대인에게도 매우 흔한 심리적 현상이기도 하죠. 특히 타인의 기대에 맞춰 살아가는 시간이 길어질수록 사람들은 자기 감정의 이름을 잃어버립니다.

요조는 자신이 느끼는 감정을 설명할 말을 알지 못합니다. 그저 "무섭다", "쓸쓸하다", "나는 이상하다"라고 말할 뿐이지요. 그 감정을 언어로 표현할 수 없으니 주변 사람들과 감정적인 접점을 만들기도 어렵습니다. 결국 그는 타인과도 자기 자신과도 연결되지 못합니다. 그리고 그렇게 떨어져 나간 정서는 끝내 자신은 인간이 아니라는 인식으로 굳어져버립니다.

더불어 요조는 진심을 말하지 못합니다. 아니 말할 기회를 애초에 주지 않았던 사회적 분위기 속에서 자랐다고 봐야 할지도 모르겠습니다. 일본 전후의 시대적 분위기, 가부장적 질서, 남성에게 부과된 성취 중심의 가치관은 요조 같은 인물에게 감정 표현의 여지를 주지 않았습니다. 그는 마음속에서 끓는 감정을 '병적'이라고 판단하고 스스로 그 감정을 단속하려 들죠. 그러다 보니 내면의 에너지가 점점 증발되어 갑니다.

그런데 대체 왜 요조는 진심을 말하지 못했던 걸까요? 그 답은 짐작해보자면 아마도 이렇지 않을까요? 진심을 꺼냈을 때 돌아올 반응이 두려웠기 때문입니다. 이해받지 못할까 봐. 아니면 무시당할까 봐. 또는 외면당할까 봐. 인간은 본능적으로 자신이 받아들여질지 거부당할지를 계산합니다. 그래서 말보다 표정을 먼저 고르고 진심보다 상황을 먼저 파악하죠.

요조는 결국 사람들과 맞춰 살기 위해 끊임없이 자신을 왜곡합니다. 그러나 그 왜곡이 반복될수록 그는 '자기 자신'이라는 정체성과 멀어집니다. 그가 가장 견딜 수 없었던 건 타인의 시선보다 스스로를 바라보는 눈이었습니다.

요조의 자기 혐오는 결국 이해받지 못한 진심이 자신에게 조차 부끄러워졌을 때 시작되었습니다.

요조의 이성관: 의미 중독

　요조는 소설 전반에 걸쳐 여러 여성 인물들과 관계를 맺습니다. 그러나 그 관계들은 전형적인 연애나 사랑의 관계라기보다는 마치 생존하기 위해 필요한 감정의 산소통처럼 느껴집니다. 어떤 독자들은 요조를 '여성에게 의존적인 남자'로 이해하기도 합니다. 실제로 그는 여성들과 관계를 맺은 뒤에야 비로소 안정을 느끼고 그 관계가 무너지면 급격하게 무너져버립니다. 그런데 조금 더 깊이 들여다보면 훨씬 더 깊고 복잡한 심리 구조가 존재합니다. 바로 '의미 중독'입니다.

　요조는 여성을 통해 감정의 연결을 맺고 싶어 합니다. 더 정확히 말하면 자신의 존재 의미를 타인의 감정을 통해 확인받고자 합니다. 여성은 그의 '감정의 거울'이자 유일하게 진심을 내보일 수 있는 상대입니다. 이때 요조는 '그녀가 나를 좋아한다'라는 감정 자체보다 '그녀가 나를 좋아해주는 그 모습이 곧 진짜 나'라고 믿는 데 몰두합니다. 여기서 중요한 것은 사랑 자체가 아니라 그 사랑이 자신에게 부여하는 정체성이지요.

이는 '외부 자기 정의(externally defined self)'에 가까운 상태인데요. 외부 자기 정의란 자기 정체성이나 자아 개념이 자신의 내면이나 자발적인 판단보다는 타인의 평가, 사회적 기준, 문화적 기대에 의해 구성되는 상태를 말합니다.

인간은 보통 자신의 내면을 기준으로 '나는 이런 사람이야'라고 정의를 세웁니다. 그러나 자기 확신이 약하거나 정체감이 흔들리는 사람은 타인의 반응에 따라 자아 정체성이 바뀝니다.

"이 사람이 날 좋아하니, 나는 괜찮은 사람인가 봐."

"이 사람이 날 떠났으니, 나는 무가치한 존재일 거야."

자기 자신이 누구인지 내가 정한 게 아니라 남이 정해주는 삶을 산다는 건 사실 아주 조용한 감옥에 갇힌 것이나 마찬가지입니다. 외부로부터의 인정에만 기대어 자아를 세우는 순간 우리는 내 안의 진짜 목소리를 점점 더 잃어가게 되죠. 요조는 바로 이 상태에 머물러 있습니다. 그래서 여성 한 명 한 명의 존재는 '요조라는 인물의 정의'를 결정짓는 기준이 되어버립니다.

이러한 경향은 현대 사회에서도 자주 발견되죠. SNS를 통해 누군가의 '좋아요'로 자존감을 측정하고 타인의 피드백을 기준으로 나의 기분이 결정되는 구조가 그것입니다.

이는 감정의 주도권이 자기 안이 아닌 타인에게 있다는 뜻이며, 요조는 그런 심리적 구조를 1940년대에 이미 보여주고 있었던 것입니다.

요조가 사랑을 갈망한 이유는 '관계' 때문만은 아니었습니다. 그는 오히려 진짜 의미에서의 친밀함이나 헌신에는 서툰 모습을 보입니다. 대신 '자신이 누군가에게 필요하다는 감각'을 통해서만 자기를 유지할 수 있었던 거죠. 이 점에서 요조는 의존적인 인물이라기보다는 '정체성을 타인에게 위탁한 사람'이라고 보는 편이 맞습니다.

문제는 이 방식이 오래 지속될 수 없다는 데 있습니다. 타인은 변합니다. 감정도 달라집니다. 그 사람이 나에게 의미를 주지 않기 시작하면 나라는 사람 자체가 무너져버리는 겁니다. 요조가 관계가 끊길 때마다 무너지는 이유가 바로 여기에 있습니다. 그는 여성 한 명 한 명을 사랑한 것이 아니라 그들이 자신에게 부여한 '의미'에 중독되어 있었던 겁니다.

이러한 심리 구조는 자존감이 낮은 사람들에게서 자주 발견되기도 하는데요. '나는 나로서 충분하다'는 감각이 없기 때문에 타인의 반응을 통해서만 존재감을 확인합니다. 그래서 관계를 감정을 주고 받는 것으로 보지 않고 자신이 누구인지 확인받기 위한 수단으로 보게 됩니다. 요조에게 사랑은 그래서 달콤하면서도 동시에 파괴적인 것이었습니다. 그는 사랑이 있어야 살 수 있었고 사랑이 없으면 자신이 사라진다고 느꼈습니다.

요조의 이성관은 현대인의 '관계 피로'와도 연결되어 있습니다. 진심으로 사랑하는 것에는 관심이 없고 관계를 통해 정체성을 빌려오려는 심리는 결국 사람을 지치게 만듭니다. 진정한 자아는 타인의 사랑을 거울 삼아 확인되는 것이 아니라 혼자일 때도 존재하는 고유의 감각입니다. 요조는 그 감각을 끝내 찾지 못했기에 사랑을 통해 구원받으려 했고 그 사랑이 무너질 때마다 함께 무너졌습니다. 그는 사랑에 의존했던 것이 아니라 사랑이 주는 의미에 중독되어 있었던 겁니다.

먹는다는 것, 살아 있다는 것

요조의 또 하나 독특한 점은 배고픔을 느껴본 적이 없다고 말하는 것입니다. 배고픔이라는 신호가 그의 삶에서 거의 지워져 있습니다. 그는 먹어야 하니까 먹는 게 아니라 누군가가 권하니까 혹은 상황이 그러하니까 마지못해 음식을 입에 넣을 뿐입니다. 그리고 그것조차 불편해합니다. 음식이 맛이 없어서도 소화가 안 돼서도 아닙니다. 밥을 먹는다는 건 지금 내가 살아 있다는 사실을 인정하는 일이기 때문입니다. 요조는 그게 괴로운 겁니다.

대부분의 사람은 배고프면 먹고 맛있는 걸 보면 즐거워하고 좋은 사람과 밥을 먹으면 따뜻함을 느끼게 마련입니다. 그런데 요조는 그런 연결고리가 끊어져 있습니다. 그는 인간으로 사는 것이 너무나 어렵다고 고백합니다. 그말에는 단지 도덕적 실패나 사회적 이탈만 담겨 있는 것이 아닙니다. 더 이상 인간의 가장 기본적인 감각조차 믿을 수 없고 누릴 자격이 없다고 느끼는 사람의 조용한 절망이 들어 있는 거죠.

밥을 먹는다는 건 단순한 생리현상을 넘어 정서적·관계적 의미를 함께 품고 있습니다. 먹는다는 건 스스로를 돌보는 행위이고 자신에게 자원이 들어오는 것을 허용하는 것이고 누군가와 감정을 나눌 수 있는 문을 여는 일입니다.

요조의 삶을 가만히 들여다보면 이미 내면에서 정서적 둔감화가 상당히 진행된 상태입니다. 감정을 받아들이는 회로가 마비되고 감정을 설명할 언어가 사라지고 감정을 신뢰하지 못하게 되면 결국 사람은 자기 몸의 감각조차 의심하게 됩니다. 기쁜 줄도 모르고 화가 나는지도 모르고 심지어 배가 고픈지도 모르게 됩니다. 요조는 바로 그런 상태에 서 있는 사람입니다. 외부의 자극이 감정으로 번역되지 않고 감정이 자기 안에서 머물지 않고 금세 흩러나가거나 사라집니다. 그러니 음식이 입안에 들어와도 그것이 위로 가는 감각이 기계처럼 느껴지는 것이죠. 마치 누군가가 조작하는 인형처럼 행동하고 웃고 씹고 삼키지만 그 안에 '살고 있음'이라는 감각은 없습니다.

요조가 배고픔을 느끼지 못하는 건 감각을 잃어서가 아니라 감각을 닫았기 때문일 수 있습니다. 외부로부터 들어오는 모든 감정, 기대, 실망, 상처들이 너무 아팠던 사람들은 어느 순간 마음의 문을 닫습니다. 그런데 그 문이 닫히면 나쁜 감정만 막히는 게 아니라 좋은 감정도 함께 사라져요. 기쁨도 슬픔도 배고픔도 그저 '귀찮은 정보'처럼 여겨집니다. 이것은 마음의 방어기제인 동시에 무언의 단념이기도 합니다. '이 정도쯤이면 그냥 이렇게 살아도 되지 않을까.' 하며 그저 자신을 간신히 붙들고 있을 뿐입니다.

음식을 받아들인다는 건 내 안에 무언가를 들이는 일입니다. 그리고 그건 기본적으로 신뢰가 있어야 가능한 일이죠. 내가 내 몸을 믿고 이 음식이 나를 해치지 않을 거라는 믿음, 그리고 이걸 권하는 사람이 나를 해치려는 게 아니라는 신뢰. 요조에게는 이 신뢰의 연결고리가 없습니다. 그는 세상 전체를 경계하고 있고 자신조차 신뢰하지 않습니다. 그러니 음식 앞에서조차 불안해지는 겁니다. 누군가와 밥을 먹는다는 건 관계의 상징인데 그는 그 관계에 자신을 내어줄 준비가 되어 있지 않은 거죠. 그에게 밥상은 다정한 공간이 아니라 자기의 결핍이 너무나 선명하게 드러나는 시험대였을지도 모릅니다.

도와주려는 자들, 이용하는 자들

『인간 실격』 속 요조를 둘러싼 주변인물들 역시 매우 중요한 심리적 맥락을 만들어냅니다. 이 인물들은 단지 부수적인 인물이 아니라 요조의 삶과 정체성을 결정짓는 '관계의 거울'들이라고 할 수 있습니다. 요조는 이 인물들을 통해 세상을 배우고 동시에 자기 자신을 잃어갑니다.

이 소설에서 요조를 진심으로 도우려는 사람들도 등장하는데 대표적인 인물이 바로 '호리키'와 '쓰네코'입니다. 물론 이 인물들이 완벽하게 선한 존재는 아니고 그 방식이 늘 적절했다고 보긴 어렵습니다. 하지만 적어도 요조를 '사람답게 살아보게 하려는' 의도를 가진 인물이라는 점에서 주목할 필요가 있습니다. 호리키는 요조를 예술가로 이끌며 사회적 틀 안에서 기능할 수 있도록 도우려고 애씁니다. 쓰네코는 요조의 가면 너머의 모습을 보고도 그를 받아들여주려 했던 인물이죠.

그러나 중요한 건 요조가 이들의 도움을 감정적으로 수

용하지 못했다는 점입니다. 왜냐하면 그는 타인의 '선의'를 믿지 못하는 구조 속에서 자랐고 오랫동안 그런 관계를 경험하지 못했기 때문입니다. 심리학에서는 이를 회피 애착(avoidant attachment)이라고 표현합니다. 타인과의 친밀한 관계를 회피하고 감정 표현을 억제하는 경향을 말하는데요. 아무리 따뜻한 마음이 주어져도 그것을 받을 준비가 안 되어 있다면 사람은 그 선의를 의심하고 회피합니다. 요조는 이 선의를 '언젠가는 나를 버릴 것'이라는 예감으로 받아들입니다. 이런 불신은 과거의 반복된 상처 경험에서 기인합니다.

반대로 요조를 이용하거나 방치한 인물들도 있습니다. 그중에서도 특히 기억에 남는 인물은 요조의 아버지입니다. 그는 요조의 불안이나 두려움에 관심을 기울이지 않습니다. 요조에게 사회적 책임과 기대를 부여하면서도 정서적 소통은 전혀 하지 않지요. 이러한 양육 환경은 요조의 애착 형성에 결정적인 영향을 주게 됩니다. 그는 결국 불안정한 애착을 갖게 되었고 사람과 가까워지는 순간을 동시에 두려워하게 됩니다.

그리고 또 하나 주목해야 할 유형은 요조의 고통을 이용하거나 외면하는 주변인물들입니다. 술집 주인, 친구인 척 다가온 이들, 잠시 정을 나누었지만 결국 요조를 떠나는 여성들. 이 인물들은 표면적으로는 요조의 삶에 큰 영향을 끼치지 않는 것처럼 보이지만, 실은 반복적으로 '넌 괜찮지 않아.'라는 메시지를 주입하며 요조의 자아를 파괴하는 역할을 합니다.

요조는 늘 주변인물들의 태도를 통해 자신에 대한 내면적 평가를 형성합니다. 이런 현상을 '반사된 자아 (reflected self-concept)'라고 부르는데요. 타인이 나를 어떻게 보는지, 나에 대해 어떻게 말하는지, 나에게 어떤 태도를 보이는지를 통해 내 자신을 인식한다는 원리입니다. 요조는 자기를 바라보는 주변의 차가운 시선을 그대로 내면화합니다. 도와주는 사람은 믿지 못하고, 해치는 사람에게는 자신이 그럴 만하다고 생각해버리죠. 이것이 바로 요조의 자기혐오가 자라나는 방식입니다.

우리도 살다 보면 누군가를 도와주려는 마음이 왜곡되거나 거부당하는 일, 혹은 자기 존재가 타인의 무관심이나 조롱 속에서 평가절하되는 경험을 할 때가 있습니다. 우리는 생각보다 많은 사람들의 '기대' 혹은 '실망' 속에서 자아의 색을 결정하곤 합니다. 요조 역시 그런 존재였습니다. 그는 단 한 번도 자기 자신으로 인정받지 못했고, 결국 타인이 그려준 윤곽대로만 살아가다가 '실격'을 선언한 셈입니다.

요조는 인간관계 속에서 단 한 번도 '주체'가 되어보지 못했습니다. 항상 타인의 필요, 타인의 감정, 타인의 역할에 따라 움직였지요. 그런 삶은 피곤함을 넘어 고통으로 이어질 수밖에 없습니다. 그리고 그 고통은 외로움보다 더 무서운, '나는 나를 믿을 수 없다'는 감정을 낳게 됩니다. 주변인물들은 요조에게 긍정적인 거울이 되어주지 못했습니다. 오히려 왜곡된 상을 보여주었고, 그는 그 거울에 비친 모습이 자신이라 믿게 되었죠.

'가면'이라는 심리적 방어기제

『인간 실격』을 읽다 보면, 요조가 실제로 어떤 사람인지 정확하게 떠오르지 않을 때가 있습니다. 그는 유머러스하고 유쾌한 인물이기도 하고, 때로는 무기력하고, 때로는 열정적이고 진지합니다. 순수한 구석도 있어요. 그런데 이런 여러 모습들이 자연스럽게 공존하는 게 아니라, 뭔가 노력해서 꾸며낸 듯한, 전시된 감정처럼 느껴집니다. 바로 그 이유는 '가면(mask)', 즉 심리적 방어기제로서의 위장된 자아에 있습니다.

심리학에서 '가면'은 자신이 느끼는 불안, 두려움, 수치심 등을 숨기기 위해 타인에게 보여주는 사회적으로 가공된 인격을 의미합니다. 이것은 단순히 거짓말이나 위선과는 다릅니다. 오히려 살기 위해 필요한 심리적 안전장치에 가깝습니다. 자신의 진짜 감정이나 내면의 취약함, 불안, 상처 등을 외부에 드러내지 않기 위해 의식적 또는 무의식적으로 가면을 쓰는 심리적 전략이죠. 요조에게 이 가면은 '웃기는 사람', '무해한 사람', '감정을 표현하지 않는 사람'이라는 캐릭터로 구현됩니다.

요조는 타인과의 모든 접촉에서 본래의 자신을 드러내는 대신 가면을 씁니다. 그 가면은 유쾌하고, 무심하고, 아무런 감정적 기대도 하지 않는 인물입니다. 왜 그랬을까요? 이유는 단순합니다. 진짜 감정을 드러냈을 때의 상처 기억이 너무 강렬했기 때문입니다. 요조는 과거에 느꼈던 외면, 실망, 비난의 기억을 각인처럼 품고 살아갑니다. 그런 기억이 많은 사람은 자기도 모르게 감정을 숨기고, 타인의 기대에 맞춰 '정서적 가면'을 제작하게 됩니다.

문제는 이 가면이 처음에는 보호막 역할을 하지만 시간이 지날수록 자신이 누구인지조차 혼란스럽게 만든다는 점입니다. 요조는 점점 진짜 감정과 가짜 표현의 구분이 사라지는 상태로 빠져듭니다. 그는 실제로 슬퍼도 웃고, 고통스러워도 괜찮다고 말합니다. 그러면서도 자신조차 "나는 왜 이렇게 행동하는 걸까?"라는 내적 의심에 시달립니다.

이 지점에서 우리는 한 가지 중요한 질문을 던질 수 있습니다.

"요조는 왜 끝내 가면을 벗지 못했을까?"

그 답은 의외로 단순합니다. 벗은 적이 없었기 때문입니다. 요조에게 가면은 '무언가를 감추기 위한 수단'이 아니라, 자신을 세상에 드러낼 유일한 수단이었습니다. 그는 '있는 그대로의 나'를 보여주는 방법을 배워본 적이 없고, 보여주었을 때 인정받은 경험도 없습니다. 그는 언제나 인간 앞에서 두려움에 떨었고, 익살을 떨고 연기를 함으로써 진심을 숨기고 연극을 합니다.

우리도 때때로 '괜찮은 사람', '성공적인 사람', '매너 있는 사람'이라는 가면을 쓰고 살아갑니다. 이 가면은 우리를 사회적으로 기능하게 만들어주지만, 동시에 진짜 나로 살아갈 기회를 줄여버립니다. SNS에서 웃고 있는 얼굴이 진짜 나의 감정을 반영하지 않는다는 걸 우리 스스로도 알고 있지요. 그리고 그 괴리감이 길어질수록, 사람들은 정체성의 혼란과 심리적 피로에 빠지게 됩니다.

요조는 끝내 그 가면을 벗지 못합니다. 그 가면이 무너질 때, 세상은 너무 무섭고 차갑게 다가오기 때문입니다. 그는 자기가 아닌 모습으로 세상에 참여해야만 했고, 그 참여 속에서 점점 '자기 자신으로 살지 못하는 감정의 고통'을 겪습니다. 그리고 마침내 인간 실격을 선언합니다. 그 선언은 "나는 나로서 살아본 적이 없습니다"라는 고백에 가깝습니다.

우리가 이 이야기를 읽으며 불편함과 슬픔을 느끼는 이유는, 어쩌면 우리도 요조처럼 몇 개의 가면을 쓰고 살아가기 때문이 아닐까요? 그리고 그 가면이 나를 지켜주기도 하지만, 어느 순간 내 진심을 가두는 벽이 될 수도 있다는 것을, 요조는 우리에게 조용히 말해주고 있었던 것 같습니다.

진심보다 반응을 선택하는 시대

울고 싶을 때 울고, 웃고 싶을 때 웃고, 누군가에게 실망했을 때 표현하고, 감동했을 때 가슴이 두근거리는 것은 자연스러운 감정입니다. 그런데 언젠가부터 우리는 감정을 있는 그대로 표현하는 게 어려워졌습니다. 감정을 표현할 때, 먼저 떠오르는 것은 '진심'이 아니라 '상대의 반응'이 되었기 때문입니다. 이 시대의 감정 표현은 마치 '알고리즘'을 따르는 듯합니다.

"이 말을 하면 좋아할까?"

"이 장면에서 울면 이상하지 않을까?"

"지금은 어떤 표정이 적절할까?"

그렇게 사람들은 감정보다 반응을 먼저 계산합니다. 그리고 그렇게 만들어낸 감정은, 마치 AI가 작성한 텍스

트처럼 정확하지만 생명력이 없고, 정제되었지만 공감이 없습니다.

요조도 감정을 표현하지 못합니다. 그는 웃어야 할 때 웃고, 슬퍼야 할 때 침묵합니다. 이 모든 행동에는 철저한 목적이 있습니다. 사람들에게 이상하지 않게 보이기 위해서, 불편하게 만들지 않기 위해서입니다. 감정을 검열하고 편집하며, 그 순간 필요한 감정만을 꺼내 쓰는 것이죠.

감정은 단지 느끼는 것이 아니라, 연결의 수단이기도 합니다. 어떤 감정이든 진심으로 표현되었을 때, 그것은 상대방에게 "나를 믿어도 돼요."라는 신호로 전달됩니다. 그러나 이 신호가 반복해서 왜곡되면 결국 사람은 감정 자체를 신뢰하지 않게 됩니다.

"내가 정말 기쁜 건가?"

"이건 진짜 눈물인가?"

그리고 이렇게 자신조차 자기 감정을 의심하는 상태에 이르면, 심리적으로 감정 부조화(emotional dissonance)라는 현상이 생깁니다. 이는 자신이 실제로 느끼는 감정과 사회적·직업적 역할에서 기대되는 감정 표현 사이에 불일치가 있을 때 경험하는 심리적 긴장 또는 불편함을 의미합니다. 화가 나거나 슬플 때도 고객 앞에서는 친절하게 미소를 지어야 할 때, 내면의 감정(짜증, 분노 등)과 외부로 드러내야 하는 감정(미소, 친절 등)이 다를 때 생기는 심리적 갈등이 바로 감정 부조화입니다.

요조는 사람들이 웃으라고 하면 웃고, 사랑을 주면 받는 척하지만, 그 감정들이 모두 '가짜'처럼 느껴집니다. 그는 슬퍼도 그 슬픔을 자신이 '소화'할 수 있는 언어로 표현하지 못합니다. 그래서 요조는 점점 감정을 감각이 아니라, 상황에 맞춰 배치하는 전략으로 대하게 됩니다. 문제는 이렇게 감정이 기능화될수록 사람은 '고장' 나기 시작한다는 점입니다. 감정은 억제될 때보다 가짜로 표현될 때 더 큰 스트레스를 유발합니다.

요조는 바로 그 스트레스를 견디지 못한 인물입니다. 그는 사람들과 감정을 주고받는 방식으로는 너무 오래 방치되어 있었고, 결국 감정이 '언어화'되지 못한 채 내부에서 고여버립니다. 감정은 흐르지 않으면 썩습니다. 그리고 감정이 썩는다는 건, 그 사람의 '관계력'이 고립된다는 것을 의미합니다.

우리는 이제 '표현력'보다 더 중요한 능력으로 '감정의 진정성'을 회복해야 합니다. 반응을 선택하는 감정이 아니라, 내가 먼저 느끼는 감정, 내가 내 안에서 먼저 살아낸 감정이 관계를 바꾸고 사람을 지탱합니다.

요조는 감정이란 것 자체를 불신했고, 결국 그것을 숨기며 살아가는 것이 유일한 생존 전략이라고 믿었습니다. 그런데 그 믿음은, 너무도 오랫동안 감정이 진심이 아닌 반응으로 쓰였던 현대 사회에서도, 여전히 유효한 착각으로 반복되고 있습니다.

쉼은 부끄럽고, 고통은 경쟁력이 되었다

현대인들은 늘 피곤함과 싸웁니다. 몸만 피곤한 게 아니라 마음도 피곤하다고 토로합니다. 그런데 우리는 때때로 '쉬지 못해서' 피곤한 게 아니라 '쉬어도 죄책감이 드는 마음' 때문에 더 지칠 때가 있습니다. 이게 바로 끊임없이 자기계발과 성취를 요구하는 피로사회(fatigue society)의 단면이기도 하죠.

요조는 늘 피곤한 인물입니다. 그는 어떤 직업도 제대로 유지하지 못하고, 관계에서도 지치고, 심지어는 자기를 유지하는 것조차 벅차합니다. 하지만 그는 게으르거나 무능한 사람이 아닙니다. 오히려 그 누구보다도 '좋은 인간'이 되기 위해 애쓴 사람이었죠.

우리는 '성실함'을 미덕으로 배웠고, '고통을 참는 능력'을 경쟁력으로 여겨왔습니다. 그래서 누군가가 지쳐 있다고 말하면, 그 사람의 능력을 의심하기보다 오히려 '노력하고 있다'고 해석하는 문화가 형성되었습니다. 피곤하다고 하면 "요즘 바쁘구나."라고 해석하고, 아프다고 하면

"그런데도 열심히 하네."라고 격려합니다.

그런데 그 말 안에는 이상하게도 '쉼에 대한 무의식적 비하'가 담겨 있습니다. 쉬는 사람은 의지가 부족한 사람이고, 아픈 사람은 부상투혼으로 일하는 열정이 넘치는 사람처럼 느껴지는 왜곡된 구조 말입니다. 요조는 계속해서 무언가를 해야만 존재할 수 있다는 압박감 속에서 살았습니다.

그래서 멈추는 순간 스스로에게 자신은 아무것도 아닌 존재라고 자책하죠. 그는 '행동하고 성과를 내지 않으면 존재조차 부정되는 세계'를 살아가고 있었던 겁니다. 심리학에서는 이를 '성과 정체성(performance-based identity)'이라고 부릅니다. 자신의 존재 가치를 성과와 연동시킬 때, 그 사람은 항상 '자기 증명' 모드로 살아가게 됩니다. 무언가를 이루어야만 인정받고, 쉬는 동안은 불안해지고, 실패는 존재 자체를 흔들어버립니다.

그런 삶은 곧 '의미 없는 과잉 행동'으로 이어지게 됩니다. 불안, 결핍, 자기 확신 부족, 혹은 내적 공허감 등을 해소하려는 심리적 동기에서, 실제로는 본질적 가치나 목표와 무관한 일에 과도하게 몰입하거나 에너지를 낭비하는 행동 패턴을 의미합니다. 많이 움직이지만 정작 아무것도 얻지 못하는 상태. 요조는 바로 그 감정의 반복 속에서 점점 무력감에 빠져듭니다. 번듯하게 성공해야 한다는 강박, 실패하면 존재가 사라진다는 두려움, 그 모든 것이 마음의 산소를 빼앗아 간 것이죠.

더 무서운 건, 우리가 사는 사회는 고통을 일정 수준 '권장'하기까지 한다는 점입니다. "그 정도 아픈 건 다 참지.", "힘들어도 다 그렇게 살잖아."라는 말들 속에는 고통을 경쟁화하는 기제가 숨어 있습니다.

이런 환경에선 사람들은 진짜로 쉬지 못합니다. 쉬어도, 그 쉼을 설명해야 합니다. 요조는 결국 '쉴 수 없었던 사람'이었습니다. 그는 멈추면 불안했고, 아무것도 하지 않으면 자신이 사라질까 두려웠습니다. 그래서 자기 파괴적인 선택으로까지 이어지죠. 그러나 그 파괴는 충동이라기보다, '도망칠 수 없는 피로감'의 산물이었습니다. 그는 지쳤고, 그 지침은 누구도 알아봐주지 않았으며, 결국 그는 자기 안으로 완전히 고립되어버립니다.

피로사회에서 가장 필요한 건 생산성도, 노력도 아닌 '회복할 권리'입니다. 그리고 그 권리는 외부로부터 부여되는 것이 아니라 자기 자신이 자기에게 허락하는 것입니다. 요조는 그걸 몰랐고, 우리 또한 종종 그걸 잊고 살아갑니다.

이제는 누군가가 지쳤다고 말할 때, "그럴 수도 있지."라고 먼저 말해주는 사회가 되었으면 좋겠습니다. 더 포용적인 사회가 되어야 사람들은 진짜로 쉴 수 있고, 자기

착취를 그만두게 될 겁니다.

혼자 있고 싶지만 혼자이고 싶지 않다

  사람은 혼자가 편하다고 말하지만, 사실 진심은 '혼자이되 이해받고 싶은 존재'입니다. 타인을 피하기 위해 거리를 두었다가, 다시 외로워져서 거리를 좁히려 합니다. 그건 모순이 아니라, 인간의 가장 자연스러운 마음이에요. 요조는 세상보다 자신이 더 무서운 사람이었습니다. 그래서 누군가 곁에 있어주기만 하면 안심됐고, 혼자 남겨지는 순간, 마음속 지옥문이 열리는 기분이었을 겁니다. 그래서 끊임없이 사람들 틈에 섞이지만, 사람들 속에 있을 때조차 외롭다고 느낍니다. 이런 감정은 우리에게도 아주 익숙하죠. '혼자 있고 싶지만 혼자이고 싶지는 않은 마음' 말입니다.

  요즘 사람들은 늘 연결되어 있습니다. 카톡 알림은 쉴 새 없이 울리고, 하루에도 수십 번, 수백 번 누군가와 텍스트를 주고받습니다. 그런데 이상하게도 점점 더 많은 분들이 이렇게 말합니다.

  "이렇게 많은 사람들과 연결되어 있는데도 왜 이렇게 외로울까요?"

그 이유는 간단합니다. 연결의 양이 곧 연결의 깊이를 보장해주지 않기 때문입니다. 우리는 많은 사람들과 얕고 넓게 연결되어 있고, 정서적으로는 점점 더 멀어지고 있는 상황에 살고 있습니다. 즉 '연결 중독' 상태에 빠져 있으면서도, '정서 단절'이라는 외로움에 동시에 시달리는 이중적 구조 속에 있는 것이죠.

요조는 그런 구조의 원형 같은 인물입니다. 그는 사람들과 어울립니다. 술도 마시고, 농담도 하고, 분위기를 살리는 재주도 있습니다. 그러나 그 안에서 그는 단 한 번도 '진짜로 연결되었다'는 느낌을 받지 못합니다. 사람들이 웃고 있을 때, 혼자 울고 싶은 기분이었다고 말하죠.

그 말 안에는 연결되고 싶지만, 동시에 연결되지 못하는 사람의 외로움이 스며 있습니다. 이는 '위장된 관계 속에서의 정서적 고립'이라고 할 수 있습니다. 관계는 있지만, 그 안에 나의 진심은 없습니다. 말은 하지만, 이해받는 느낌은 없습니다.

결국 사람은 '누구와 함께 있느냐'보다, '그 사람이 나를 얼마나 진심으로 이해하느냐'에 따라 고립감을 느끼게 됩니다. 요조는 바로 그런 고립 속에서 살아갑니다. 가까이 있는 사람들도 모두 '자기 가면을 본 사람들'일 뿐입니다. 그의 진심을 들여다보려 한 사람은 드물고, 그가 마음을 열어도 돌아오는 건 침묵이나 오해였지요.

결국 그는 감정을 닫아버리고, 관계도 그저 '역할 수행의 장'으로 받아들입니다. 그리고 그렇게 살아갈수록, 그는 점점 '사람'이라는 존재에 대한 믿음을 잃어갑니다. 우리는 관계 속에서 피로를 느끼면서도, 그 관계가 끊어질까 두려워합니다. 그래서 텅 빈 대화에도 웃고, 공허한 대화창에도 메시지를 남깁니다. 이런 상태가 반복되면 사람은 결국 관계 중독 상태에 빠집니다. 끊임없이 관계를 유지하려 하지만, 그 안에서 정작 진짜 감정은 점점 희미해지는 거죠.

요조는 그런 심리 상태의 끝단을 보여줍니다. 그는 인간과의 관계를 원하지만, 동시에 그 관계 속에서 상처 입을까 봐 두려워합니다. 그래서 어느 순간 그는 자신만의 세계로 완전히 퇴각하게 됩니다. 그 세계는 적어도 더 이상 '배신당하지는 않는 공간'이었을지도 모릅니다.

지금 우리에게 필요한 것은 연결의 기술이 아니라 관계의 진심입니다. 아무리 많은 사람들과 연결되어 있어도, 단 한 사람과라도 진심으로 마음을 나누지 못한다면 그 관계는 정서적 공허만을 남깁니다.

연결의 양을 줄이고, 감정의 깊이를 늘리는 것이 요즘 시대에는 더 절실한 과제입니다. 요조의 외로움은 사람이 없어서가 아니라, 진짜 관계가 없었기 때문에 시작된 것이었습니다. 그리고 우리 역시 요조처럼 매일같이 연결되어 있지만, 그 연결 속에서 스스로의 감정을 잃어가고 있지 않은지 생각해봐야 합니다.

요조의 자살 시도와 현대인의 '심리적 퇴장'

『인간 실격』을 읽으면서 가장 가슴이 아픈 장면은 요조가 세상을 떠나려는 순간이었습니다. 그는 몇 번의 자살 시도를 통해 자신의 존재를 세상에서 지우려 하죠. 그는 사람들과 어울리면서도, 늘 마지막 문을 엿보고 있었고, 살아 있으면서도 언제든 생을 마감할 출구를 준비하고 있었습니다. 이런 극단적인 선택은, 흔히 삶의 끝으로만 이해되곤 합니다. 하지만 요조의 자살 시도는 죽음의 욕망이라기보다 그것은 세상으로부터 '지워지고 싶다'는 감정의 마지막 형태입니다.

자살과 밀접한 감정 중 하나로 심리적 퇴장(심리적 이탈, psychological withdrawal)이 있습니다. 심리적 퇴장은 개인이 소속된 조직, 사회, 인간관계에서 정서적·심리적으로 점차 멀어지고 소외감을 느끼는 상태로, 사회적 고립, 소외, 무망감, 우울 등과 함께 자살 위험을 높이는 주요 심리적 요인 중 하나로 지적됩니다

쉽게 말해, 심리적 퇴장이란, 물리적으로는 존재하지만

정서적으로는 참여하지 않는 상태를 말합니다. 사는 듯 살고 있지만, 마음은 이미 떠나버린 상태인 거죠. 요즘 젊은 세대들, 소위 MZ세대 사이에서 자주 들리는 말이 있습니다.

"그냥 아무것도 하고 싶지 않아요."

"존재감이 너무 무거워요."

"나를 지우고 싶다는 생각이 자주 들어요."

이 말들은 모두 심리적 퇴장의 전조입니다. 마음이 피로해질 대로 피로해졌고, 감정이 너무 오래 무시되어 무뎌졌으며, 세상과 관계를 맺을 이유를 찾지 못한 채 삶에서 '물러나는 중'인 사람들의 고백이죠.

요조는 실제로 물리적 퇴장을 시도했고, 오늘날 우리는 디지털 세상 속에서 조용한 감정의 이탈자들이 되어가고 있습니다. SNS 계정을 삭제하거나, 사람들과의 대화를 끊고, 일상적 감정에는 '자동 응답'으로 처리합니다. 그리고 이 심리적 퇴장은 자주 "나는 지금 아무렇지 않아요. 괜찮아요."라는 무표정한 말로 위장되기도 하지요.

이는 '감정적 둔감화(emotional numbing)' 혹은 '사회적 철수(social withdrawal)'라고 설명되기도 하는데요. 감정적 둔감화는 말 그대로 마음이 무뎌지는 상태입니다. 너무 자주 힘들고 지치면, 사람은 어느 순간부터 감정을 제대로 느끼지 못하게 됩니다. 기쁜 일도 그냥 그렇고, 슬픈 일도 덤덤해지고, 심지어 화가 나야 할 상황에서도 아무 느낌이 없을 수 있어요. 이건 나약해서가 아니라, 스스로를 지키기 위해 마음이 문을 잠그는 겁니다. 문제는 감정이 닫히면 사람 사이의 문도 함께 닫힌다는 거죠. 그래서 감정 표현이 줄어들면 관계도 멀어지고, 결국 혼자 있는 시간이 많아집니다. 마음이 무뎌질수록 내 안의 나도 조용해지고요.

사회적 철수는 누군가를 피하고 싶어서라기보다 그냥 너무 지쳐서 사람을 만나는 게 버겁게 느껴질 때 찾아옵니다. 계속 상처받거나, 기대가 무너지고, 마음을 설명할 힘도 없을 때, 그럴 땐 점점 약속을 줄이고, 대화도 피하게 됩니다. 혼자가 편해서가 아니라 관계 속에서 너무 많이 소진됐기 때문이죠. 사회적 철수는 '내가 지금 괜찮지 않다'는 조용한 신호일 수도 있어요.

문제는 이것이 시간이 갈수록 회복의 기회조차 차단시킨다는 겁니다. 왜냐하면 퇴장한 마음은 다시 돌아오고 싶어 하지 않기 때문입니다. 요조는 이런 감정의 끝에 도달한 사람입니다.

그는 외부와 연결되지 못하면서도, 내면에서의 감정마저 메마르게 되자 자신의 존재가 '쓸모없는 부피'처럼 느껴지게 됩니다. 이 감정은 단순한 우울이나 무기력보다 훨씬 더 깊은 절망입니다. 존재의 불필요성에 대한 체감,

이것이 바로 요조의 자살 시도를 이해하는 핵심입니다.

현대인은 물리적으로는 삶에 남아 있지만, 그 삶에서 자신을 삭제하고 싶다는 생각을 더 자주 하는 경우가 많아지고 있습니다. 이대로 살아가는 게 무의미하다고 느낀다는 겁니다. 그 느낌은, 요조가 택한 '신체적 퇴장'보다 훨씬 더 조용하고 오래 지속될 수 있습니다.

따라서 오늘날 우리에게 필요한 건 죽음의 위험을 줄이는 사회 시스템과 더불어 '마음이 살아 있도록' 돕는 심리적 연결 장치들입니다. 누군가에게 감정을 이야기할 수 있고, 그 이야기가 공감될 수 있는 사회, 그리고 '힘들다'는 말이 '약함'이 아니라 '인간됨'의 신호로 받아들여지는 문화가 만들어져야 합니다.

지금 이 시대에 『인간 실격』을 다시 읽는다는 건, 자신의 마음이 어디까지 살아 있는지 확인해보는 일일지도 모르겠습니다.

진짜 나를 말하기 어려운 사회

"괜찮아?"
"응, 괜찮아."

"요즘 어때?"

"뭐, 그냥 그래."

우리는 너무 익숙하게 이런 말들을 주고받습니다. 그러나 그 안에 담긴 마음은 정말 '괜찮은' 걸까요? 정말 '그냥 그런' 하루를 살아낸 걸까요? 지금 이 사회는 너무 많은 언어를 가지고 있지만, 정작 '진짜 나'를 말하는 언어는 점점 사라지고 있는 듯 보입니다. 상대방의 표정을 살피고, 분위기를 읽고, 말 한마디에 상처받을까 조심하는 이 시대의 대화법은 결국 사람들을 '의미 있는 대화'가 아니라 '오해하지 않는 말' 속에 가두어버립니다.

요조 역시 바로 이런 구조 속에 살았던 인물입니다. 그는 말이 많지 않습니다. 감정도 자주 표현하지 않습니다. 그러나 그는 감정이 없어서가 아니라 감정을 표현할 기회를 잃어버렸기 때문에 말이 없어진 사람입니다. 진심을 꺼냈을 때 돌아올 반응이 두려운 사람은, 점점 말수를 줄이게 됩니다. 이를 '정서 억제(emotional suppression)'라고 하는데, 그 억제가 반복되면 감정은 내부에 고여서 불안과 무력감으로 변하게 됩니다.

요조는 타인에게 '맞는 말'을 하려고 애씁니다. '상처 주지 않는 말', '상황에 어울리는 말', '그저 무난한 말' 속에 자신의 진심을 감춥니다. 그러나 그런 말들이 쌓일수록,

그는 자기 감정을 '번역할 말'을 잃어버리게 됩니다. 어느 순간부터는, 자신이 느끼는 감정이 어떤 이름을 가져야 할지도 모르게 되는 것이죠. 그 결과, 그는 결국 말하지 않음으로써 자신을 지우는 길을 택하게 됩니다.

진짜 나를 말하는 건, 감정의 정확성과 용기를 동시에 필요로 하는 일입니다. 그런데 이 사회는 '용기'보다는 '눈치', '정확성'보다는 '무난함'을 선택하도록 만듭니다. 결국 우리는 많은 말을 하지만, 정작 나 자신에 대해 말하지 않는 사람들이 되어가고 있는 것이죠. '말하지 않는 나'는 곧 '이해받지 않는 나'로 이어집니다. 그리고 '이해받지 않는 나'는 결국 '나도 내가 누군지 모르겠는 상태'로 흘러갑니다.

이 정서적 경로는 요조가 걸어갔던 그 길과 똑같습니다. 그는 인간들과 끊임없이 대화하지만, 그 어느 누구와도 진심을 나누지 못합니다. 말은 했지만, 이해는 오지 않았고, 그 결과 그는 점점 '말의 껍데기'만 남긴 사람이 되어갑니다. 말해도 소용없는 침묵 끝에서 "나는 인간 실격이다"라고 말했습니다. 그러나 사실 그 말은, "나는 인간으로서 이해받은 적이 없다"는 문장의 다른 표현이었는지도 모릅니다. 지금 그 무엇보다 '진짜 나'를 말할 수 있는 사람 한 명쯤은 곁에 두는 것, 그것이 지금의 사회가 잃어버리고 있는 '정서적 생존 장치'라는 사실을 잊지 말아야겠습니다.

심리적 외로움은 '설명할 말'이 없는 데서 시작된다

외로움이라는 말, 참 익숙하지요. 그런데 한 번쯤 생각해보신 적 있으신가요? 외로움은 왜 생길까요? 사람이 없어서일까요? 아니면 내 곁에 아무도 관심 가져주는 이가 없어서일까요?

외로움은 단순히 '누군가 없음'에서 생기지 않습니다. 정말로 깊은 외로움은 내가 느끼는 감정을 설명할 말이 없을 때, 그리고 그 말을 들어줄 사람이 없을 때 시작됩니다.

즉, 외로움의 본질은 정서적 고립(emotional isolation)에 있습니다. 요조는 늘 누군가와 함께 있었지만 그들과 진심으로 연결되었다고 느끼지 못합니다. 그는 감정을 설명할 언어를 잃어버린 사람이었기 때문입니다.

"무섭다", "슬프다", "불안하다" 같은 단어는 있지만, 그 감정을 언제, 왜, 어떻게 느끼는지를 말할 수 있는 문장은 갖고 있지 않았습니다. 이를 정서 언어 결핍(alexithymia)이라고 하는데요. 감정을 느끼지만, 그 감정을 말로 표현하지 못하고, 결국 점점 감정 자체를 회피하게 되는 상태입니다.

현대인들도 이와 비슷한 경험을 합니다.

"요즘 기분이 어때?"라는 질문에 정확하게 대답하기 어렵고, 내 마음을 설명하려다 보면 "그냥 좀 그런 기분이야…."라며 얼버무리게 되지요. 이것은 표현의 게으름이 아니라, 표현할 말이 없어진 상태, 즉 감정의 해석과 전달을 연결해주는 정서 어휘가 결핍된 사회적 환경에서 비롯된 현상입니다.

요조는 바로 이 상태의 극단에 서 있습니다. 그는 감정을 표현할 수 없기에, 결국 감정을 포기합니다. 사랑받아도 그게 사랑인지 확신하지 못하고, 슬퍼도 그게 고통인지 구분하지 못합니다. 결국 그는 '무표정한 감정 상태'로 살아가게 되고, 그 안에서 점점 '마음이 죽는' 경험을 하게 됩니다. 지금 우리는 감정을 표현할 수 있는 도구가 넘쳐나는 시대를 살고 있습니다. 이모지, 밈, 리액션 버튼, 실시간 반응 앱까지. 그런데 역설적으로 사람들은 점점 더 '진짜 감정을 설명할 말'을 잃어가고 있습니다. 다들 감정을 짧고 빠르게 표현하지만, 그 감정을 깊이 있게 말하고 들을 수 있는 관계는 줄어들고 있습니다. 이렇게 되면 사람들은 외롭다고 느끼기 시작합니다.

감정은 표현되었을 때보다, 설명되고 이해되었을 때 치유되기 때문입니다. 그저 "나 슬퍼."라고 말하는 것보다

"나는 오늘 회사에서 무시당한 기분이었고, 그게 너무 오래 쌓여서 지금 슬퍼."라고 말하는 순간, 진짜 외로움은 줄어들기 시작합니다.

하지만 요조는 그런 설명을 한 번도 해보지 못했습니다. 아니, 그런 말을 해도 될 거라고 믿을 수 있는 사람이 한 명도 없었던 것이죠. 그는 내면에서 감정을 요동치게 만들고는, 그걸 꺼내지 못하고 조용히 눌러두는 방식으로 살아갑니다. 그러다 요조의 감정은 폭탄처럼 터지고 말죠.

지금 우리의 과제는 간단하지만 어렵습니다. 말로 표현되지 않은 감정을, 천천히 말로 만들어가는 연습을 다시 시작하는 것입니다. 그게 혼잣말이든, 글쓰기든, 누군가와의 짧은 대화든 상관없습니다. 감정은 '이해받을 수 있다'는 믿음이 있을 때, 비로소 밖으로 나올 용기를 냅니다. 감정을 설명할 언어를 갖는 일, 그건 결국 외로움과 싸우는 가장 인간적인 방식일지도 모릅니다.

공감은 기술이 아니라 훈련

공감이라는 단어, 이제는 너무 흔한 말이 되었습니다.

"공감이 중요해요."

"공감하는 리더가 돼야 해요."

"공감 능력이 부족하면 여러 문제가 발생합니다."

하지만 정작 "공감이 뭔가요?"라는 질문을 던지면, 선뜻 대답하기 어려운 경우가 많습니다. 공감은 단순히 "아, 그랬구나"라고 말해주는 일이 아닙니다. 공감은 타인의 감정을 자기 안에 잠깐이라도 머물게 허락하는 일입니다. 그 감정을 받아들이기 위해서는 무엇보다도 먼저 경청하는 훈련, 그리고 감정을 미루지 않고 바라보는 습관이 필요합니다.

요조는 슬퍼도, 무너져도, 누군가에게 "그럴 수 있어요."라는 말을 들어본 적이 없습니다. 그에게 다가온 사람들은 많았지만, 대부분은 그를 판단하거나, 고치려 하거나, 도와주려는 목적을 가졌습니다. 그 누구도 요조의 감정을 '있는 그대로 받아들이려는 태도'를 갖진 않았습니다. 그 결과 요조는 점점 더 감정을 감추게 되고, 나중에는 자신조차 자기 마음을 믿지 못하게 됩니다.

현대 사회도 크게 다르지 않습니다. 우리는 사람들 사이에서 감정을 나눌 수 있는 도구와 기회는 많지만, 그 감정을 제대로 듣고, 충분히 느껴주는 관계는 오히려 줄어들고 있습니다. 왜 그럴까요? 공감은 마음만으로 되는 게 아니라, 반복된 훈련이 필요한 능력이기 때문입니다.

많은 분들이 공감을 '성격'이나 '성향'이라고 생각하십니다. 하지만 실제로는, 공감은 시간, 주의, 감정 조율 능력이라는 세 가지 요소의 훈련 결과물입니다. 다시 말해, 공감은 말재주가 아니라 '감정에 집중하는 능력'이고, 그 능력은 연습하지 않으면 점점 퇴화하게 되어 있습니다.

요조는 그런 훈련을 받을 기회조차 없이 살아왔습니다.

그의 주변엔 마음을 표현하는 것을 당연하게 여기는 분위기도, 감정의 언어를 배울 수 있는 가족 구조도 없었습니다. 그는 항상 먼저 눈치를 보고, 자기 감정보다 타인의 반응을 우선시하며 살아야 했죠. 그러다 보니 그가 세상과 감정을 나누는 방식은 점점 '침묵'과 '가면'이 되어버린 것입니다. 그리고 그 공감의 부재는, 결국 요조가 스스로를 '실격된 인간'이라 여기게 만드는 핵심 요인이 됩니다.

한 번이라도 누군가가 요조에게 이렇게 말했다면 어땠을까요?

"너는 이상한 게 아니야. 그럴 수 있어."

그 한마디가, 그에게 삶을 견디게 해주는 정서적 닻이 되어주었을지도 모릅니다. 지금 우리에게 필요한 건 공감이라는 '단어'가 아니라, 공감을 기술이 아니라 '훈련해야 할 감정 습관'으로 받아들이는 자세입니다.

타인의 말을 가만히 듣고, 잠깐 멈추어서 "저 감정은 내 안에서 어떻게 반응하지?"를 되묻는 연습. 그 연습이 반복될 때, 사람은 점점 더 '마음의 체력'을 가진 사람이 되어갑니다.

공감은 감동을 주기 위한 수단이 아닙니다. 그건 타인의 존재를 무해하게 받아들이는 태도, 그리고 누군가가 세상에 계속 존재해도 괜찮다고 느끼게 해주는 정서적 허락입니다. 요조는 그 허락을 받지 못한 사람입니다. 그리고 우리 사회는 아직도 너무 많은 요조들에게 "왜 그렇게 힘들게 살아?"라고 묻고 있습니다.

하지만 그보다는 이렇게 묻는 것이 더 낫지 않을까요?

"그렇게까지 힘들었다면… 얼마나 오래 견뎠던 걸까요?"

공감은 거창한 기술이 아니라, 그 질문을 습관처럼 던질 수 있는 사람으로 훈련되는 과정입니다.

인간의 자격

"그리고 저는 그 진실에 따를 힘조차 없는 존재이기 때문에 이미 인간으로 살아갈 자격을 잃었을지도 모른다는 강박에 사로잡혀 있었습니다. 어릴 때부터, 저는 아마 인간으로서의 자격을 결여했던 모양입니다."

요조의 이 말은 단순히 한 사람의 절망을 선언한 게 아닙니다. 그건 이 세상과의 마지막 연결이 끊어졌다는 것을, 누구도 자신의 감정을 있는 그대로 받아들이지 않았다는 것을, 그리고 가장 중요한 것, 자기 자신조차 더는 자기 편이 아니게 되었다는 것을 뜻합니다. 하지만 그 절망의 밑바닥엔 여전히 조용한 갈망이 있었다는 것도 짐작할 수 있습니다.

요조는 삶에 대한 의욕이 없는 것처럼 보이지만 사실 그는 끝까지 희망을 버리지 못했던 사람입니다. 그렇지 않았다면 그토록 많은 관계에 자신을 던지지 않았을 것입니다. 그렇게 많은 여성과 얽이지 않았을 것이고, 친구들에게조차 기대지 않았을 것입니다. 요조는 인간이고 싶었습니다. 비록 그 시도들이 번번이 실패했을지라도, 그 마음을 포기한 적이 없습니다.

우리는 매일 조금씩 좌절하고, 지치고, 오해받고, 단절됩니다. 하지만 그럼에도 불구하고, 매일 아침 눈을 뜨고 다시 출근하고, 지인의 메시지에 답장을 남기고, 작은 유머에도 웃으며 누군가와 감정을 나눌 준비를 합니다.

이 모든 사소한 행동들은 사실상 우리가 아직도 '인간으로서 살아가고자 하는 자격'을 포기하지 않았다는 증거이기도 합니다.

심리학에서는 인간의 정체성을 유지하는 가장 강력한 방식 중 하나로 '회복탄력성(resilience)'이라는 개념을 이야기합니다. 이는 거창한 회복 능력이 아니라, 좌절 이후에도 여전히 "나를 믿어보자."라고 말할 수 있는 미약한 의지입니다.

그리고 우리는 생각보다 자주, 그리고 무의식적으로 이 회복을 반복하고 있습니다. 요조는 인간 실격이라고 말했지만, 그는 여전히 사람들과 연결되길 원했고, 그 실패조차 삶을 위한 시도였다는 점에서 그는 결코 실격이 아니었습니다.

그렇기에 오늘을 살아가는 우리에게 가장 필요한 문장은 이런 게 아닐까요?

"슬퍼도 괜찮고, 지쳐도 괜찮고, 실패해도 괜찮습니다. 감정이 오락가락해도, 방향을 잃어도, 관계에 서툴러도 괜찮습니다. 그 모든 것은 인간답다는 강력한 증거니까요."

『인간 실격』을 읽고 마음이 아픈 건, 요조가 우리와 너무 닮은 사람이기 때문입니다. 우리는 때때로 요조와 같은 마음을 갖고 살아가며, 그의 흔들림 속에서 나 자신의 불안과 고통을 발견합니다. 그러나 우리는 여전히 삶을 살아가고 있고, 연결되길 원하고, 이해받고 싶어 합니다. 그 마음이 있는 한, 계속해서 나름대로 좋은 인간이 되려고 노력하는 한 실격된 존재가 아닙니다. 요조처럼 흔들릴 때도 있지만 그 누구보다 '인간다움' 그리고 '나다움'을 놓치지 않고 단단하게 살아가는 사람들입니다.

'사람다움'에 대한 오랜 고민

"인간 실격.
저는 이제 완전히 인간이기를 그만두었습니다."

이 문장은 너무도 단호하고 비극적이어서 우리의 마음을 무겁게 합니다. 하지만 『인간 실격』을 끝까지 읽은 후, 곰곰히 생각해보면 이 문장이 사실 그렇게 단순한 자기포기나 절망만을 뜻하는 건 아니라는 걸 느끼게 됩니다. 그 말 안에는 오히려 인간생활에 적응하기 위해 애썼던 요조의 간절함에 대한 반어적 표현으로 보이기도 합니다. 요조는 인간이기를 원했지만, 그 방법을 알지 못했고, 한 번도 자신의 감정을 솔직하게 드러내는 경험을 해보지 못했고, 무엇보다, '있는 그대로의 자신'으로 이해받은 적이 없었던 사람이었습니다.

우리는 때로 인간답게 살아간다는 것이 무엇인지 혼란스러워집니다. 성공하는 것, 성실한 것, 관계를 잘 맺는 것, 감정을 잘 조절하는 것…. 수많은 기준들이 우리에게 '인간다움'을 정해주는 듯 보입니다.

그러나 사실 인간다움이란 건 그렇게 간단한 도표나 조

건표로 정해지는 게 아닙니다. 그건 오히려 끊임없이 질문하고, 흔들리고, 실망하고, 다시 돌아오는 그 과정 자체에 있습니다. 『인간 실격』은 요조라는 한 사람의 무너짐을 통해, 오히려 우리 모두가 갖고 있는 흔들리는 마음의 구조를 보여줍니다.

그는 비정상적인 사람이 아니라 어쩌면 지금 우리보다 조금 더 일찍 감정의 무게를 자각해버린 사람이었는지도 모릅니다. 그는 실패한 게 아니라, 너무 일찍 절망을 체험한 인간이었습니다.

그리고 우리는 아직 거기까지 가지 않았습니다. 우리는 여전히 관계를 맺고 있고, 감정을 느끼고 있고, 무너지기도 하지만 다시 살아나기도 하며, 어쩌면 요조가 원했던 '이해받는 인간'으로 존재하려고 발버둥치는 중입니다.

이 작품을 다시 읽는다는 건, 그저 문학 작품 하나를 복습하는 게 아닙니다. 그건 우리 내면의 깊은 고독과 외로움을 마주하고, "나는 정말 인간으로 살아가고 있는가?"라는 질문을 다시 꺼내는 일입니다.

그리고 동시에, "나는 나를 이해하고 있는가?", "나는 내 옆 사람의 존재를 존중하고 있는가?"라는 질문을 스스로에게 던지는 일이기도 합니다. 그 질문들이 어쩌면 불편할 수도 있습니다. 그러나 그 불편함 속에서, 우리는 비로소 '사람다움'에 대해 고민하게 됩니다.

그 고민을 멈추지 않는 한, 우리는 누구도 '실격'되지 않았다는 사실을 기억해야 합니다. 우리도 지금, 그 길 위에 있습니다. 서툴고 불완전하지만, 사람으로 살아가기 위한 고민을 멈추지 않는 그 여정 자체가, 우리에게 인간 자격을 부여해주는 것 아니겠습니까.

『인간 실격』은 그래서 결코 비극으로 끝나는 소설이 아닙니다.

그건 우리에게 조용히 이렇게 말하는 작품입니다.

"실격된 인간은 없다. 다만, 오래도록 이해받고 싶어 했던 마음만이 있을 뿐이다."

김경일(인지심리학자·아주대학교 심리학과 교수)

차례

서문

그 남자의 사진을 세 장 본 적이 있다.

첫 번째는, 이를테면 어린 시절의 사진이라고 할 수 있는데, 열 살쯤 되었을 무렵의 모습이다. 수많은 여자들(아마도 누이들과 사촌들이겠지) 사이에 둘러싸인 채, 작고 왜소한 소년이 정원 연못가에 서 있다. 그는 밝은 체크무늬 바지를 입고 있고, 고개는 왼쪽으로 30도쯤 기울어져 있으며, 이는 드러낸 채 기분 나쁜 웃음을 짓고 있다. 기분 나쁘다고? 그 단어에 의문을 품을 수도 있겠지. 아름다움과 추함에 무감각한 사람들, 다시 말해 미에 대한 감성이 결여된 사람들은 아무 생각 없이 멍청한 얼굴로 "참 귀여운 아이네요!"라고 말할 것이다. 확실히 그 아이 얼굴에는 일반적으로 귀엽다고 여겨지는 요소가 어느 정도 담겨 있어 그런 칭찬이 전혀 의미 없다고는 할 수 없다. 하지만 아름다움이란 것에 조금이라도 감응해본 적 있는 사람이라면, 이 사진을 애벌레라도 쳐내듯 획 던져버리고 깊은 혐오를 담아 "끔찍한 아이군."이라고 중얼거릴 것이다.

실제로 그 아이의 웃는 얼굴을 찬찬히 들여다볼수록, 말로는 표현할 수 없는, 형언할 수 없는 섬뜩한 공포가 서서히 스며드는 것을 느끼게 된다. 그것은 사실 웃는 얼굴이 아니다. 아이는 전혀 웃고 있지 않다. 그 증거를 보고 싶다면, 꽉 쥔 주먹을 보라. 사람은 저토록 주먹을 불끈 쥔 채로는 결코 웃을 수 없다. 그것은 원숭이다. 이죽거리는 원숭이 얼굴이다. 그 미소는 흉하게 일그러진 주름살에 불과하다. 사진 속 표정은 너무도 기괴하고, 동시에 불결하고 심지어 혐오스러워서, 누구라도 "쪼글쪼글하고 흉측한 아이구나."라고 외치고 싶어질 것이다. 나는 저토록 설명할 길 없는 표정을 짓고 있는 아이는 본 적이 없다.

두 번째 사진 속 얼굴은 첫 번째와는 놀라우리만치 다르다. 사진 속 그는 학생이다. 고등학생인지 대학생인지는 분명치 않지만, 아무튼 지금은 믿기 어려울 만큼 잘생겼다. 그러나 이번에도 그 얼굴은 도무지 살아 있는 인간의 얼굴이라는 인상을 주지 않는다. 교복을 입었고 가슴 주머니에는 하얀 손수건이 살짝 보인다. 그는 고급스러운 등나무 의자에 앉아 다리를 꼰 채, 또다시 웃고 있다. 이번에는 주름투성이 원숭이의 웃음이 아니라 제법 능숙한 미소다. 그럼에도 이상하게도 그것은 인간의 웃음이 아니다. 그 미소에는 우리가 흔히 '피의 무게' 혹은 '인간 존재의 실체감'이라고 부를 만한 것이 전혀 없다. 그것은 단지 한 장의 백지처럼, 깃털처럼 가벼운 것이 웃고 있는 것이다. 이 사진은 한마디로 철저히 인공적인 인상을 준다. 겉멋이 들었다거나 경박스럽다거나 요염하다거나 멋지다는 말로 설명할 수도 없다. 그 어떤 단어로도 충분히 설명할 수 없는 기묘함이다. 자세히 들여다보면 이 잘생긴 청년에게도 어딘가 묘하게 불쾌한 구석이 있다는 것을 알게 된다. 나는 저토록 설명하기 힘든 미모를 가진 청년은 본 적이 없다.

세 번째 사진은 그중에서도 가장 괴이하다. 이 사진에서는 나이를 짐작조차 할 수 없다. 머리에 약간의 흰머리가 섞인 듯하지만 그것뿐이다. 지독히도 지저분한 방 한구석에서 찍힌 사진으로(벽이 세 군데나 무너져 내린 흔적이 뚜렷하게 보인다) 그는 작은 두 손을 몸 앞에 모은 채 앉아 있다. 이번에는 웃지도 않는다. 아무런 표정도 없다. 사진은 실제로 소름 끼치고 불길한 분위기를 자아낸다. 마치 그가 카메라 앞에서 죽어가고 있는 찰나를 포착한 듯, 히터 위에 손을 얹은 채 말이다. 그러나 이 사진이 충격적인 이유는 그것만이 아니다.

머리는 유난히 크게 찍혀 있어 이목구비를 자세히 들여다볼 수 있다. 이마는 평범하고, 주름도 평범하며, 눈썹도 평범하다. 눈, 코, 입, 턱… 얼굴에는 표정이 없는 것을 넘어 기억조차 남기지 않는다. 아무런 개성이 없다. 이 사진을 보고 난 후 눈을 감으면, 얼굴에 대한 기억은 단 하나도 떠오르지 않는다. 방의 벽이라든가 작은 히터 같은 주변 사물은 기억나는데, 정작 방의 중심인물인 그의 얼굴만은 완전히 지워진다. 단 하나의 윤곽도 회상할 수 없다. 이 얼굴은 그림의 소재는커녕 만화 속 캐릭터로도 묘사될 수 없다. 눈을 뜬다. '아, 그런 얼굴이었지!' 하는 회상조차 없다. 극단적으로 말하자면 눈을 다시 떠서 사진을 두 번째로 봐도 여전히 기억할 수 없다. 게다가 그 얼굴은 어딘지 모르게 신경을 거슬리게 하고, 끝내는 시선을 돌리고 싶을 만큼 불쾌함을 준다.

차라리 죽은 사람의 얼굴이 더 많은 표정을 품고, 더 강한 인상을 남겼을 것이다. 그 초상은 마치 인간의 몸에 노새의 머리를 붙인 듯한, 그야말로 말로는 표현할 수 없는 혐오감을 자아낸다. 나는 저토록 이해 불가능한 얼굴을 본 적이 없다.

첫 번째 수기

저의 인생은 부끄러움으로 가득 차 있었습니다.

저는 인간으로 살아간다는 것이 어떤 것인지 짐작할 수 없습니다.

저는 일본 동북 지방의 한 시골 마을에서 태어났고, 제법 자란 뒤에야 처음으로 기차라는 것을 보게 되었습니다. 역에 있는 육교를 오르내리면서도, 그것이 선로를 건너기 위한 구조물이라는 사실은 전혀 알지 못했습니다. 저는 그것이 역 구내에 외국의 놀이터처럼 이국적인 분위기를 더하기 위해 만들어진 것이라 믿었습니다. 제게는 그 다리를 오르내리는 것이 무척이나 세련된 오락처럼 느껴졌고, 철도 회사가 제공하는 아주 멋진 서비스 중 하나라고 생각했습니다. 하지만 나중에 그 다리가 단지 실용적인 용도일 뿐이라는 사실을 알게 되었을 때, 저는 그에 대한 모든 흥미를 잃고 말았습니다.

또한, 어릴 적 그림책에서 지하철 사진을 보았을 때도 그것이 현실적인 필요에 의해 만들어졌다고는 전혀 생각하지 못했습니다. 그저 지하를 달린다는 것이 지상에서 달리는 것과는 다른, 신기하고 즐거운 놀이일 것이라고만 여겼습니다.

저는 어릴 적부터 병약해서 자주 자리에 누워 있어야 했습니다. 누워 있는 동안, 시트나 베갯잇 같은 것들이 얼마나 무미건조한 장식인지에 대해 자주 생각하곤 했습니다. 그러다가 스무 살쯤 되었을 때, 그것들이 사실은 실용적인 목적을 위해 존재한다는 것을 처음으로 깨달았습니다. 그리고 인간이라는 존재의 무미건조함을 그제야 인식하게 되었고, 그 사실은 저에게 깊은 우울감을 안겨주었습니다.

또한 저는 한 번도 배고프다는 것이 어떤 감각인지 제대로 느껴본 적이 없습니다. 이 말이 제가 유복한 가정에서 자랐다는 식의 한심한 자랑이 아님은 분명히 말씀드리고 싶습니다. 제가 말씀드리고자 하는 것은, 저는 '배고픔'이라는 감각이 어떤 것인지 전혀 짐작조차 할 수 없었다는 점입니다. 이상한 소리 같겠지만, 저는 제 위장이 비었다는 것을 인식한 적이 없습니다. 어릴 적 학교에서 돌아오면, 집에서는 제가 배가 고플 거라고 큰 호들갑을 떨며 반겨주셨습니다.

"배고프지? 학교 끝나고 집에 올 때쯤 되면 얼마나 배가 고픈지 우리도 알아. 과자 좀 먹을래? 카스텔라도 있고 빵도 있어."

저는 항상 그렇듯 사람들을 기쁘게 해드리고 싶은 마음에 배고프다고 중얼거리며 과자를 입에 넣었습니다. 하지만 그분들이 말하는 '배고픔'이라는 감각은 도무지 제게는 와닿지 않았습니다.

물론 저도 남들 못지않게 많이 먹습니다. 하지만 배가 고파서 먹은 기억은 거의 없습니다. 기이하거나 화려한 음식에는 마음이 끌리고, 남의 집에 초대받아 가면 그 집에서 내어 주는 음식을 거의 억지로라도 다 먹습니다. 그러다 보니 어린 시절, 하루 중 가장 고통스러운 시간은 단연 식사 시간이었습니다. 특히 집에서의 식사 말입니다.

시골집에서는 온 가족, 대략 열 명쯤 되는 식구들이 식탁을 사이에 두고 서로 마주 보며 나란히 앉아 함께 식사를 했습니다. 저는 막내였기 때문에 자연스럽게 식탁의 끝자리에 앉게 되었지요. 식당은 어둑했고, 그런 어스름 속에서 열 명이 넘는 가족들이 조용히 점심 혹은 다른 끼니를 먹는 모습을 보는 것만으로도 등골이 서늘해졌습니다. 게다가 저희 집은 보수적인 시골 집안이었기 때문에 식단은 대체로 정해져 있었고, 특별하거나 색다른 음식은 기대조차할 수 없었습니다. 저는 하루하루 식사 시간이 더욱 두려웠습니다. 어두운 방 안, 식탁의 끝에 앉아 온몸을 떨며 몇 입

음식을 입에 억지로 밀어 넣곤 했습니다.

왜 인간은 하루에 꼭 세 끼를 먹어야 하는 걸까? 도대체 식사할 때는 왜 그렇게도 엄숙한 표정을 짓는 거지? 마치 무슨 의식 같아. 하루에 세 번씩 정해진 시간에 온 가족이 이 어두운 방에 모여, 정해진 자리에 앉고, 배가 고프건 고프지 않건 간에 묵묵히 고개를 숙인 채 음식을 씹는 것은 혹시 이건 집 안 어딘가에 숨어 있을지도 모를 정령(精靈)을 달래기 위한 일종의 기도 행위가 아닐까…. 그런 생각까지 하게 될 정도였습니다.

먹지 않으면 죽는다는 말이 있습니다. 하지만 제게는 그저 또 하나의 불쾌한 협박처럼만 들렸습니다. 그럼에도 불구하고 저는 이 미신(저는 그렇게밖에 생각할 수 없었습니다)에 대해 늘 의심과 두려움을 느꼈습니다.

인간은 먹지 않으면 죽는다, 그러니 일해서 먹고살아야 한다는 말만큼 저에게는 이해하기 어렵고, 알 수 없으며, 동시에 위협적인 느낌을 주는 말도 없었습니다.

결국, 저는 아직도 인간이 어떻게 살아가는 존재인지 잘 모르고 있는 셈입니다. 제 행복에 대한 개념이 다른 사람들과 완전히 어긋나 있다는 사실을 처음 깨달았을 때의 불안은 말로 다 표현할 수 없을 만큼 커서, 밤마다 잠을 이루지 못하고 뒤척이며 신음하게 만들었습니다. 그 고통은 저를 정신착란의 문턱까지 몰아넣기도 했습니다. 과연 저는 단 한 번이라도 '행복했다'고 할 수 있을까요? 어릴 적부터 셀 수 없을 만큼 많은 사람들이 저에게 정말 복이 많다고 말해주셨습니다. 하지만 저는 언제나 지옥 속에서 괴로워하고 있다는 느낌을 지울 수 없었습니다. 오히려 저에게 '행운아'라고 말하던 그 사람들이 저보다 훨씬 더 행복하고, 복된 삶을 사는 이들이라고 생각되었습니다.

제가 열 가지 불행을 짊어지고 살아가고 있는데, 이 중 단 하나라도 이웃 누군가에게 던져졌다면, 그 사람은 틀림없이 살인자가 되었을 것이라고 생각한 적도 있습니다.

저는 정말 모르겠습니다. 이웃 사람들의 고통이란 어떤 성격의 것이며, 얼마나 깊은 것인지에 대해서는 전혀 짐작도 할 수 없습니다. 그저 먹을 것이 충분히 있다면 달래질 수 있는, 그런 현실적인 괴로움, 그런 고통이야말로 오히려 저의 열 가지 불행을 산산조각 내버릴 만큼 지옥 같은 고통일지도 모르겠습니다. 하지만 저는 정말 모르겠습니다.

왜냐하면 제 이웃들은 자살하지도 않고, 미쳐버리지도 않으며, 정치에 관심을 갖고, 절망에 굴복하지 않고, 꿋꿋이 생존을 위한 싸움을 계속하고 있습니다. 만약 그렇다면, 그들의 고통은 정말 진짜인 걸까요? 혹시 제가 틀린 걸까요? 이 사람들은 자신들의 삶의 방식이 '정상'이라는 생각에 너무나도 익숙해져서, 스스로에 대해 단 한 번도 의심해본 적이 없는 게 아닐까요? 그렇다면 그들이 느끼는 괴로움이란, 어쩌면 누구나 겪는 인간 일반의 고통일 뿐이며, 어쩌면 인간으로서 누릴 수 있는 최선의 것인지도 모릅니다. 저는 모르겠습니다…. 밤에 푹 자고 나면 아침이 상쾌하게 느껴진다고들 하지요. 그 사람들은 어떤 꿈을 꾸는 걸까요? 길을 걸을 때 무슨 생각을 할까요? 돈? 설마 그것만은 아닐 겁니다. 인간은 먹기 위해 산다는 말은 들은 적이 있지만, 돈을 벌기 위해 산다는 말은 아직까지 들어본 적이 없습니다. 아니, 어쩌면… 그런 사람도 있는지도 모르겠네요…. 아니요, 그것도 확실하지 않습니다…. 생각하면 할수록 알 수가 없습니다. 점점 더 두려워집니다. 나만이 다른 사람들과 전혀 다르다는 사실이 너무나 무섭고 불안합니다. 저는 다른 사람들과 대화하는 것조차 거의 불가능합니다. 무슨 말을 어떻게 해야 하는지도 모르겠습니다.

이렇게 해서 저는 '광대 짓'을 만들어내게 되었습니다.

그것은 인간을 향한 저의 마지막 구애였습니다. 저는 인간을 죽을 만큼 두려워하면서도, 이상하리만치 그들과의 관계를 단절할 수는 없었습니다. 저는 입가에서 미소를 지우지 않음으로써 겉으로는 평온한 모습을 유지하려 애썼고, 이것이 제가 타인에게 보인 일종의 배려였습니다. 하지만 그 미소 하나를 유지하기 위해, 제 내면에서는 형언할 수 없는 고통이 끊임없이 일어나고 있었습니다. 그것은 아슬아슬한 균형 위에 겨우 성립된, 참으로 힘겨운 위장이었습니다.

어린 시절, 저는 다른 사람들이(심지어 가족들조차) 무엇을 괴로워하는지, 무슨 생각을 하고 있는지 전혀 알지 못했습니다. 오직 저 자신이 느끼는 말로 표현할 수 없는 공포와 수치심만이 전부였습니다. 그리하여 저는 어느새 광대 짓을 하며 살아가는 데 능숙해졌고, 한 마디의 진실도 말하지 않는 아이가 되어 있었습니다.

그 무렵 가족들과 함께 찍힌 사진들을 보면, 모두들 진지한 얼굴을 하고 있는데 유독 제 얼굴만은 언제나 이상하게 일그러진 미소를 짓고 있습니다. 그 또한 어린 시절의 한심하고 가련한 광대 짓의 하나였던 것입니다.

또한 저는, 가족이 저에게 무슨 말을 하든 결코 한 마디도 되받아친 적이 없습니다. 아주 사소한 꾸중 한 마디조차도 마치 벼락처럼 저를 내리쳐, 거의 제정신을 잃을 지경이었습니다. 되받아치다니요! 오히려 저는 그 꾸중들이 틀림없이 먼 옛날부터 이어져 내려온 '인간의 진실'의 목소리라고 굳게 믿었습니다.

그리고 저는 그 진실에 따를 힘조차 없는 존재이기 때문에 이미 인간으로 살아갈 자격을 잃었을지도 모른다는 강박에 사로잡혀 있었습니다. 그 믿음 때문에 저는 어떤 말에도 반박하거나 스스로를 변명하는 것이 불가능했습니다. 누군가가 저를 나무랄 때마다, 저는 '나는 지금까지 완전히 잘못 살아왔구나.'라고 확신했고, 늘 그 비난을 묵묵히 받아들였습니다. 겉으로는 침묵했지만, 속으로는 미쳐버릴 만큼 공포에 휩싸였습니다.

물론 누구든 비난을 받거나 소리를 지르는 일을 즐거워

할 사람은 없겠지요. 하지만 저에게는 화를 내며 저를 꾸짖는 인간의 얼굴이, 사자나 악어, 심지어 용보다도 더 무서운 야수의 본모습으로 보였습니다. 사람들은 평소엔 그런 본성을 감추고 살아가는 듯 보입니다. 하지만 어느 순간, 이를테면 초원에서 얌전히 풀을 뜯고 있던 소가 몸에 붙은 등에를 쫓기 위해 갑자기 꼬리를 휘두르듯이 분노의 감정이 번쩍 솟는 순간, 인간의 본성이 그대로 드러나는 것을 목격하게 됩니다. 저는 그런 순간을 볼 때마다 온몸에 소름이 돋을 정도로 두려웠습니다. 그리고 혹시 저런 본성이야말로 인간으로 살아가기 위한 필수 조건 중 하나일지도 모른다는 생각이 들 때면, 저는 저 자신에게 완전히 절망해 버리곤 했습니다.

저는 언제나 인간 앞에서 두려움에 떨었습니다. 인간답게 말하고 행동할 수 있다는 자신이 털끝만큼도 없었던 저는, 제 안의 고독한 고통을 가슴속 깊이 감추고 살아왔습니다. 우울함과 불안함도 드러내지 않도록 세심하게 숨겼고, 어떠한 흔적도 보이지 않게 조심했습니다. 저는 천진난만한 낙천주의자인 척했고, 점차 '익살스러운 괴짜'라는 역할에 자신을 완성시켜갔습니다.

사람들을 웃게 만들 수만 있다면, 어떤 방식이든 괜찮다. 그렇게만 된다면 그들은 내가 그들 삶의 바깥에 머물러 있어도 크게 신경 쓰지 않을 거다. 단 하나 피해야 할 건, 사람들에게 불쾌감을 주는 일이다. 나는 아무것도 아닌 존재이고, 바람이나 하늘이 되는 거다. 이러한 절박함에서 태어난 것이 저의 광대 짓이었습니다. 저는 가족들을 웃겼고, 가족보다 더 이해하기 힘들고 두려운 하인들 앞에서도 광대 짓을 했습니다.

여름이면 저는 집 안을 돌아다니며, 유카타 안에 빨간 털실 스웨터를 입고 돌아다녀서 모두를 웃게 만들었습니다. 좀처럼 웃지 않던 큰형도 그 모습에 터져 나오는 웃음을 참지 못하며, 너무나도 다정한 말투로 "요조야, 그건 좀 아닌 것 같다." 하고 말했습니다. 하지만 아무리 바보 같은 짓을 한다 해도, 저는 여름에 정말로 털옷을 입고 다닐 만큼 무감각한 사람은 아니었습니다. 그건 누나의 털 토시를 팔에 끼우고, 그것이 소매 끝으로 살짝 보이도록 해서 마치 스웨터를 입은 것처럼 보이게 만든 것이었습니다.

저희 아버지는 도쿄에 자주 볼일이 있었기 때문에 시내에 별채를 두고 계셨습니다. 한 번 가시면 1~2주, 때로는 3주 정도 머무르셨고, 돌아오실 때면 언제나 가족은 물론 친척들까지 포함해 어마어마한 양의 선물을 잔뜩 들고 오셨습니다. 그것은 일종의 취미 같았습니다.

어느 날, 도쿄로 떠나시기 전날 밤, 아버지는 아이들을 모두 객실로 부르시더니 환하게 웃으며 이번에는 어떤 선물을 받고 싶은지 물으셨고, 각자 대답하는 내용을 작은 수첩에 꼼꼼히 적으셨습니다. 아버지가 아이들에게 그렇게 다정하게 대하시는 일은 매우 드문 일이었습니다.

"요조, 넌 뭐가 갖고 싶니?"

그렇게 물으셨지만 저는 우물쭈물하며 제대로 대답하지 못했습니다.

무엇을 원하느냐는 질문을 받을 때마다, 저는 본능적으로 아무것도 없다고 대답하고 싶어졌습니다. 무엇을 받든 달라질 게 없고, 어떤 것도 저를 행복하게 해주지 못할 것이라는 생각이 머리를 스쳤습니다. 그와 동시에, 저는 태어나면서부터 누군가가 제게 뭔가를 건네면, 그게 아무리 제 취향에 맞지 않아도 거절하지 못하는 사람이었습니다. 싫은 것이 있어도 싫다는 말을 하지 못했고, 좋아하는 것이 있어도 그것을 마치 극도로 쓴 약처럼 조심스럽고 은밀하게 맛보았습니다. 어느 쪽이든 저에게는 말할 수 없는 두려움이 따랐습니다. 다시 말해 저는 둘 중 하나를 선택할 힘조차 없었던 것입니다. 이 점이야말로, 훗날 제 '수치스러운 인생'의 가장 큰 원인 중 하나로 발전해간 성격적 특징 중 하나였다고 생각합니다.

저는 말없이 안절부절못했습니다. 그러자 아버지는 조금 언짢은 기색을 보이셨습니다.

"역시 책이냐? 아니면 아사쿠사의 나카미세 거리에서 정월에 하는 사자춤 탈이 있었는데 그건 어떠냐? 요즘은 아이들이 쓰고 놀기에 딱 좋은 크기의 걸 팔고 있더라. 갖고 싶지 않니?"

그 치명적인 말, "하나 갖고 싶지 않니?"라는 말이 저를 완전히 말문이 막히게 했습니다. 어떤 광대스러운 대답도 떠오르지 않았습니다. 광대 역할은 철저히 실패했습니다.

"책이 제일 좋지 않을까요." 형이 진지하게 말했습니다.

"그래?"

아버지의 얼굴에서 금세 웃음기가 사라졌습니다. 아버지는 수첩을 쓰지도 않고 툭 닫아버리셨습니다.

큰 실수였습니다. 이제 아버지를 화나게 해버렸고, 분명히 무섭게 복수하실 거라는 불안이 엄습했습니다. 그날 밤 저는 벌벌 떨며 침대에 누워 있다가, 아직 뭔가 만회할 방법이 남아 있지 않을까 하고 머리를 굴렸습니다. 저는 살금살금 침대에서 빠져나와, 발끝으로 조심히 거실로 내려갔고, 아버지가 아마도 수첩을 넣어두셨을 책상 서랍을 열었습니다. 그곳에서 수첩을 꺼낸 저는, 페이지를 넘기며 선물 목록이 적힌 부분을 찾았습니다. 연필심에 침을 묻히고, 크게 '사자탈'이라고 적었습니다. 그렇게 하고 다시 조용히 침대로 돌아왔습니다. 저는 사자탈이 전혀 갖고 싶지 않았습니다. 사실 책이 훨씬 더 갖고 싶었습니다. 하지만 아버지께서 분명히 가면을 사주고 싶어 하신다는 것이 느껴졌고, 그 기대에 부응하고 아버지의 기분을 되돌리고 싶다는 절박한 마음이 저를 밤중에 거실까지 몰고 갔던 것입니다.

이 절박한 궁여지책은 제가 기대했던 대로 큰 성공을 거두었습니다. 며칠 후 아버지가 도쿄에서 돌아오셨을 때, 저는 아이들 방에 있었는데, 아버지께서 어머니께 큰 소리로 말씀하시는 것을 엿듣게 되었습니다.

"아니, 장난감 가게에서 수첩을 펴보니까 말이지? 봐봐, 여기에 '사자탈'이라고 누가 써놨더라고. 내 글씨가 아니야. 처음엔 도대체 이게 뭔가 싶었는데, 금세 눈치챘지. 요조 녀석의 장난이었어. 내가 얘한테 도쿄에서 뭘 사다줄까 물어봤는데, 아무 말도 안 하고 씩 웃기만 하더라고. 그런데 나중에 가면이 너무 갖고 싶어졌던 모양이야. 결국 못 참고 이렇게 써놓은 거지. 참 특이한 아이지. 자기가 뭘 원하는지도 모르는 척하면서, 결국엔 이렇게 써놓는다니까. 그렇게 갖고 싶었으면 그냥 말만 하면 됐잖아. 장난감 가게 사람들 앞에서 웃음이 터져 나왔어. 당장 요조를 좀 여기로 데려와봐."

어느 날은 남녀 하인들을 모두 서양식 응접실에 불러 모았습니다. 그리고 남자 하인 중 한 명에게 피아노 건반을 엉망진창으로 두드리게 했습니다(저희 집은 시골에 있었지만, 웬만한 시설은 잘 갖추고 있었습니다). 저는 그 엇나간 멜로디에 맞춰 미친 듯이 인디언 춤을 추며 돌아다녔고, 모두 배를 잡고 웃었습니다. 형은 그 모습을 플래시를 터뜨려 사진으로 찍었습니다.

현상된 사진 속에는 손수건 두 장을 허리에 감아 만든 허리에 틈이 생겨, 제 중요 부위가 보였고, 그 점 또한 모두를 더욱 웃게 만들었습니다. 그날의 광대 짓은 제 기대를 훨씬 뛰어넘는 대성공이었을지도 모릅니다.

저는 어린이 잡지를 열두 권 넘게 정기 구독했고, 개인적으로는 도쿄에서 온갖 책들을 주문해 읽었습니다. 엉터리 박사들의 활약에 능통했고, 귀신 이야기, 모험담, 유머집, 동요집 등 온갖 이야기들을 속속들이 꿰고 있었습니다. 그래서 가족들을 웃기기 위해 진지하게 떠들어대는 기상천외한 이야기의 소재가 마를 날이 없었습니다.

하지만 아아, 학교 생활은!

저는 점점 학교에서 존경받는 존재가 되어가고 있었습니다. 하지만 '존경'이라는 개념은 저에게 지나치게 위협적으로 느껴졌습니다. 제게 있어서 '존경받는 사람'이란, 사람들을 거의 완벽하게 속이는 데 성공한 자였지만, 결국에는 전지전능한 누군가에게 그 정체가 들통나, 죽음보다 더한 수치심을 맛보게 되는 존재였습니다. 설령 대부분의 사람들을 속여 저를 존경하게 만들 수 있다 하더라도, 그들 중 단 한 사람은 반드시 진실을 알게 될 것이고, 머지않아 다른 사람들도 그에게서 진실을 전해 들을 것입니다. 그리고 자신들이 속았다는 사실을 알게 된 사람들의 분노와 복수심은⋯. 상상만 해도 등골이 오싹해졌습니다.

제가 학교에서 평판을 얻은 이유는 부잣집 아들이었기 때문이라기보다는, 흔히 말하는 '머리가 좋았기' 때문이었습니다. 어릴 적 몸이 약했던 저는 한두 달은 물론, 아예 한 학기를 통째로 결석하는 일도 흔했습니다. 그럼에도 불구하고, 병을 앓고 난 뒤 인력거를 타고 학교에 돌아와 시험을 치르면, 늘 반에서 1등을 하곤 했습니다. 그 '머리' 덕분이었죠. 저는 건강할 때조차도 따로 공부를 한 적은 없었습니다. 수업 시간에는 만화를 그리고, 쉬는 시간에는 그 그림에 대한 설명으로 친구들을 웃게 만들었습니다. 작문 시간에도 저는 오로지 우스운 이야기만 썼습니다. 선생님께서 종종 저를 타이르시기도 했지만, 그럼에도 멈추지 않았습니다. 왜냐하면 그분이 속으로는 제 이야기를 재미있어하고 계신다는 걸 저는 알고 있었기 때문입니다. 어느 날, 저는 특히 우울한 분위기의 이야기를 한 편 써 냈습니다. 어머니와 함께 기차를 타고 도쿄에 가던 중, 열차 복도에 있던 타구에 오줌을 눴다는 내용이었습니다(하지만 그때 저는 그것이 타구라는 걸 모른 게 아니라, 일부러 그랬습니다. 어린아이인 척하며 순진한 실수를 가장한 것이었습니다). 저는 선생님께서 그 이야기를 보고 분명 웃으실 거라 확신했고, 수업이 끝나자 몰래 그분을 따라 교무실까지 갔습니다. 교실을 나서자마자 선생님은 제 글을 다른 아이들의 글 중에서 꺼내 들고, 복도를 걸으며 읽기 시작하셨습니다. 그러자 금세 웃음을 흘리기 시작하셨고, 교무실에 들어가서서는(아마 다 읽으셨을 무렵이었겠지요) 얼굴이 붉게 달아오르도록 크게 웃음을 터뜨리셨습니다. 그러고는 다른 선생님들에게도 제 글을 들이밀며 권하셨습니다. 그 모습을 지켜보던 저는 무척 만족스러웠습니다.

장난꾸러기.

저는 장난꾸러기처럼 보이는 데 성공했습니다. 존경받는 존재가 되는 일에서는 무사히 도망치는 데 성공한 것이었지요. 성적표는 모든 과목에서 100점이었지만, 품행 점수만큼은 60점, 70점을 받았는데, 이 점도 가족들에게 큰 웃음을 주곤 했습니다.

하지만 저의 진짜 본성은, 그런 장난꾸러기 역할과는 정반대에 있었습니다. 그 무렵 저는 하인들에게 지극히 슬픈 것을 배웠습니다. 저는 오염되고 있었던 것입니다. 지금에 와서 생각해보면, 어린아이에게 그런 짓을 하는 것은 인간이 저지를 수 있는 가장 추악하고, 가장 비열하며, 가장 잔혹한 범죄입니다. 그럼에도 저는 견뎠습니다. 오히려 그 일을 통해 인간이라는 존재의 또 다른 면을 하나 더 알게 된 것 같다는 기분마저 들었습니다. 저는 제 약함 속에서 웃고 있었습니다. 만약 제가 진실을 말하는 습관이 있었더라면, 아버지나 어머니에게 부끄러움 없이 이 사실을 털어놓을 수 있었을지도 모릅니다. 하지만 저는 제 부모조차도 완전히 이해할 수 없었습니다. 누구에게든 도움을 구하는 일, 그것이 저에게는 전혀 기대할 수 없는 선택지였습니다. 설령 아버지에게, 어머니에게, 아니면 경찰이나 정부에 호소한다 해도, 결국에는 세상과 친숙한 누군가에 의해, '세상이 받아들이는 핑계들'에 의해 침묵을 강요당하고 말 거라는 생각이 들었습니다.

세상에는 분명히 편애라는 것이 존재합니다. 인간에게

하소연하는 건 쓸모없을 뿐이었습니다. 그래서 저는 아무것도 말하지 않았습니다. 닥치는 대로 견디고, 계속해서 광대 역할을 해나갈 수밖에 없다고 느꼈습니다.

어떤 사람들은 "인간을 믿지 못한다니, 그게 무슨 말이야? 언제부터 기독교 신자가 되었나?"라며 저를 비웃을지도 모르겠습니다. 하지만 저는, 인간을 믿지 못한다고 해서 반드시 종교로 향해야 한다고는 생각하지 않습니다. 오히려 인간들이(지금 저를 비웃고 있을지도 모를 그들조차) 서로를 믿지 못한 채 살아가고 있으며, 신이니 무엇이니 하는 것에는 전혀 관심도 없이 살아가고 있는 건 아닌가요?

어릴 적, 이런 일이 있었습니다. 아버지께서 소속된 정당의 유명 인사가 저희 마을에 연설을 하러 왔습니다. 하인들이 저를 데리고 극장에 갔고, 사람들로 가득 찬 자리를 어렵게 들어갔습니다. 아버지와 가까운 사람들도 다 와 있었고, 모두가 열정적으로 박수를 보내고 있었습니다. 연설이 끝난 뒤, 사람들은 삼삼오오 모여 눈 덮인 길을 따라 집으로 돌아가기 시작했습니다. 그때 그들은, 회의에 대해 신랄한 비난을 퍼붓고 있었습니다. 그중에는 아버지와 가장 가까운 친구들의 목소리도 있었고, 그들은 분노에 가까운 어조로 아버지의 서두가 얼마나 서툴렀는지, 그 유명 인사의 연설이 도무지 무슨 말인지 모르겠다고 투덜거리고 있었습니다.

그런데 그들은 곧장 저희 집에 들러 거실에 들어가, 마치 진심인 양 환한 얼굴로 정말 멋진 연설이었다고 말했습니다. 어머니가 하인들에게 회의는 어땠느냐고 물으셨을 때도, 그들은 마치 진심인 듯 정말 흥미로웠다고 대답했습니다. 집으로 오는 길에 정치 집회만큼 지루한 것도 없다고 신랄하게 불평하던 바로 그들이었습니다.

하지만 이 일은 어디까지나 사소한 예에 불과합니다. 저는 인간의 삶 속에는, 순수하고, 행복하고, 평온하기까지 한 불성실함의 예들이 가득하다고 믿고 있습니다. 그것은 나름대로는 참으로 훌륭한 종류의 것들입니다. 사람들이 서로를 속이면서도 (이상하게도) 상처 하나 없이, 그리고 그들 스스로가 속이고 있다는 사실조차도 모른 채 살아가는 경우들 말입니다. 하지만 저는 그런 상호 기만의 사례들에 큰 흥미를 느끼지 않습니다. 저 역시 하루 종일 광대 노릇을 하며 사람들을 속이고 살았기 때문입니다. 윤리 교과서에 나오는 '정의' 따위의 도덕적 개념에도 저는 그리 마음이 가지 않았습니다. 저는 지금까지도 이해하기 어렵습니다. 속임수를 쓰면서도 순수하고, 행복하고, 평온하게 살아갈 수 있다고 믿는 인간이란 어떤 존재인지.

인간은 저에게 그런 난해한 비밀을 결코 가르쳐주지 않았습니다. 그 한 가지만이라도 알았더라면, 저는 인간을 그렇게까지 두려워하지 않았을 것이고, 인간의 삶에 맞서 싸우지도 않았을 것이며, 밤마다 지옥 같은 고통에 몸부림치지도 않았을 것입니다. 결국, 그 하인들이 저에게 저지른 그 혐오스러운 범죄를 누구에게도 말하지 않았던 이유는, 인간에 대한 불신 때문도, 물론 종교적 성향 때문도 아니었습니다. 오히려 제 주변의 인간들이 저를 신뢰나 불신이라는 세계에서조차 철저히 배제해버렸기 때문입니다. 심지어 부모님마저도, 때때로 저로서는 이해할 수 없는 태도를 보이시곤 했습니다.

또한 누구에게도 말하지 못한 제 외로움을 많은 여성들이 본능적으로 감지하고 찾아왔으며, 그것이 훗날 제가 여러 방식으로 이용당하게 되는 원인 중 하나가 되었습니다.

여성들은 제 안에서 '사랑의 비밀을 지켜줄 수 있는 남자'를 본 것이었습니다.

두 번째 수기

바다와 너무나도 가까워, 마치 파도가 바로 그곳에서 부서지는 듯한 느낌을 주는 바닷가에, 시커먼 줄기를 지닌 키 큰 벚나무들이 스무 그루 넘게 줄지어 서 있었습니다. 매년 4월, 새 학년이 시작될 무렵이면 이 나무들은 눈부신 꽃과 촉촉한 갈색 잎을 푸른 바다를 배경으로 피워내곤 했습니다. 그리고 곧이어 꽃눈처럼 흩날리는 꽃잎들이 셀 수 없이 물 위에 떨어져, 물결 따라 해안가까지 밀려오며 물결 위를 흰 점들로 수놓았습니다. 이 벚꽃이 흩날리는 해변은, 제가 다니던 고등학교의 운동장이었습니다. 교복 모자의 휘장과 단추 위에도 양식화된 벚꽃 문양이 새겨져 있었습니다.

　이 학교를 선택하게 된 데는, 학교 근처에 살던 먼 친척 집이 있었기 때문이기도 했습니다. 아버지는 그 집에 저를 맡기셨고, 그 집은 학교에서 아주 가까워 아침 종이 울린 뒤에 뛰어나가도 수업에 간신히 맞출 수 있을 정도였습니다. 그만큼 저는 게으른 학생이었지만, 늘 그렇듯 우스꽝스러운 행동 덕분에 친구들 사이에서는 인기를 끌 수 있었습니다.

낯선 마을에서 살게 된 건 그때가 처음이었습니다. 하지만 저는 고향보다 훨씬 마음에 들었습니다. 아마 그 무렵엔 광대 짓이 제 삶 속에 너무 자연스럽게 녹아들어 있었기 때문에, 사람들을 속이는 일조차 큰 부담이 되지 않았던 탓일지도 모르겠습니다. 하지만 또 한편으론, 사람을 속이는 데 있어서 '가족 앞에서 연기하는 것'과 '타인 앞에서 연기하는 것', '자기 고향에서'와 '타지에서'의 차이 때문이 아니었을까 싶기도 합니다. 이건 아무리 천재적인 배우라 하더라도 피할 수 없는 문제일 것입니다. 배우가 가장 두려워하는 것은 바로 자기 고향의 관객입니다. 세상에서 가장 위대한 배우조차도, 가족과 친척들만이 모여 앉아 지켜보는 방 안에서는 제대로 연기조차 하지 못할 것입니다. 하지만 저는 그 안에서 연기하는 법을 익혔습니다. 그리고 그 연기는 나름대로 성공적이었습니다. 그런 재능을 가진 배우가, 고향을 떠난 낯선 곳에서 실패한다는 것은 생각할 수도 없는 일이었습니다.

인간에 대한 두려움은 여전히 제 가슴 속에서 꿈틀거리고 있었습니다. 그 강도가 전보다 더했는지 덜했는지는 확신할 수 없지만, 분명한 것은 제 연기력은 훨씬 능숙해졌다는 사실이었습니다. 저는 언제나 교실을 웃음바다로 만들 수 있었고, 선생님은 "너만 없으면 정말 좋은 반이 될 텐데."라고 타박하시면서도 손으로 입을 가리고 웃음을 참고 계셨습니다. 심지어는 으르렁대는 듯한 거친 목소리가 일상인 교련 담당 장교조차도, 제 말 한마디에 터져 나오는 웃음을 참지 못하곤 했습니다.

이제는 제 정체를 완전히 숨기는 데 성공했다는 확신과 함께, 경계를 조금 느슨히 하려던 찰나였습니다. 그런데 전혀 예상하지 못한 순간에, 저는 뒤통수를 맞았습니다. 배신자는 언제나 그렇듯, 한없이 단순해 보이는 인간이었습니다. 반에서 제일 왜소하고, 피부병으로 부은 듯한 얼굴에 소매가 지나치게 긴 헐렁한 교복을 입고 다니던, 공부에도 젬병이고 교련이나 체육 시간에도 어설프기 짝이 없어 늘 구경만 하는 아이로 남겨지던 그런 아이였습니다. 당연히 저는 그에게서 어떤 위협도 느끼지 못했습니다.

그날도 다케이치(성은 기억이 안 나지만 이름은 다케이치였던 것 같습니다)는 여느 때처럼 체육 시간에 구경만 하고 있었고, 우리 반 친구들은 철봉 훈련을 하고 있었습니다. 저는 일부러 최대한 진지한 표정을 지으며 철봉에 몸을 던졌고, 기합 소리와 함께 손을 뻗었지만 철봉을 일부러 놓쳐버렸습니다. 그러고는 마치 멀리뛰기를 하듯 앞으로 날아가, 엉덩방아를 찧으며 모래밭에 떨어졌습니다. 이 실패는 처음부터 계산된 것이었고, 아이들은 예상대로 폭소를 터뜨렸습니다. 저는 어이없는 듯 웃으며 일어나, 바지에 묻은 모래를 털고 있었는데, 그때 어디선가 몰래 다가온 다케이치가 제 등을 쿡 찔렀습니다. 그러고는 조용히 말했습니다.

"너 일부러 그런 거잖아."

온몸이 떨렸습니다. 누군가 제가 철봉을 일부러 놓친 것을 눈치챘을 수도 있다는 생각은 했지만, 그것이 하필 다케이치였다는 사실은 그야말로 날벼락이었습니다. 마치 눈앞의 세계가 단숨에 지옥불로 타오르는 것을 본 듯한 충격이었습니다. 그 순간 저는 비명을 지를 뻔했지만, 가까스로 억눌렀습니다.

그 후로 며칠 동안, 저는 불안과 공포에 사로잡혀 있었습니다. 겉으로는 여전히 형편없는 광대 짓으로 모두를 웃기고 있었지만, 가끔씩 저도 모르게 깊은 한숨이 새어 나왔습니다. 무슨 짓을 하든 다케이치가 그것이 '일부러' 한 짓이라는 것을 꿰뚫어 보고 있을 것만 같았고, 그는 곧 그 사실을 주위 사람들에게 퍼뜨리기 시작할 거라고 확신했습니다. 그 생각이 들자마자 이마에는 식은땀이 맺혔고, 저는 미친 사람처럼 허공을 멍하니 바라보았습니다.

가능하다면 저는 하루 24시간 다케이치 곁에 붙어 있으면서, 그가 그 비밀을 누설하지 않도록 감시하고 싶다는 생각이 들 정도였습니다. 어떻게 해야 할까 고민하며 저는 결심했습니다. 그와 함께 보내는 시간을 모두 나의 광대 짓은 일부러가 아니라 진심이라고 설득하는 데 바치자고. 잘만 하면 그와 정말 친한 친구가 될 수도 있을지 모른다고. 그러나 그것이 전혀 불가능할 경우엔, 저는 그가 죽어주기를 기도할 수밖에 없었습니다. 정작 그 녀석을 죽이자는 생각은 단 한 번도 떠오르지 않았습니다. 제 인생에서 저는 셀 수 없이 많은 순간, 스스로 비참하게 죽기를 바랐지만, 누군가를 죽이고 싶다고 생각한 적은 한 번도 없었습니다. 어쩌면 무서운 상대를 죽이는 일은, 그에게 오히려 행복을 가져다주는 행위가 될지도 모른다고 생각했기 때문입니다.

다케이치의 환심을 사기 위해 저는 가짜 기독교인 같은 온화하고 기만적인 미소를 얼굴에 떠었습니다. 그의 빈약한 어깨에 살짝 팔을 두른 채, 머리를 다정하게 기울이며 함께 여기저기를 산책했고, 꿀처럼 달콤하고 구슬리는 말투로 집에 놀러 오라고 자주 초대했습니다. 그러나 그는 항상 아무런 대답도 없이, 텅 빈 시선으로 저를 바라볼 뿐이었습니다.

어느 날 방과 후, 아마도 초여름 무렵이었을 겁니다. 갑작스럽게 소나기가 쏟아졌습니다. 다른 학생들은 각자 하숙집으로 돌아가겠다며 부산을 떨었지만, 저는 학교 바로 옆에 살아서 그냥 뛰어가기로 했습니다. 막 달려 나가려던 순간, 현관 쪽에 풀이 죽은 모습으로 서 있는 다케이치를 보게 되었습니다. 저는 말했습니다. "가자. 내가 우산 빌려줄게." 망설이던 다케이치의 손을 잡고 그대로 빗속으로 달렸습니다. 집에 도착하자 저는 아주머니에게 젖은 상의를 말려달라고 부탁했습니다. 마침내 저는 다케이치를 제 방으로 끌어들이는 데 성공한 것입니다.

그 집에는 쉰 살쯤 된 아주머니와 키가 크고 마른 체형에 안경을 쓴, 서른 살쯤 되어 보이는 큰누나(한때 결혼했다가 이혼한 적이 있었습니다)와 갓 고등학교를 졸업한 듯한 키가 작고 둥근 얼굴을 한 작은 누나까지 세 식구가 살고 있었습니다. 집 1층에는 문구류와 체육용품을 파는 가게가 있었지만, 생계의 주 수입원은 돌아가신 아저씨께서 지으신 다섯 채 또는 여섯 채의 셋방에서 나오는 월세였습니다. 제 방에 멍하니 서 있던 다케이치는 조용히 말했습니다.

"귀가 아파."

"비 맞아서 그런가 봐."

저는 그의 귀를 살펴보았고, 양쪽 귀에서 끔찍하게 고름이 흐르고 있는 것을 발견했습니다. 귓불은 금방이라도 터질 듯 고름으로 가득 차 있었습니다.

"이거 큰일이다. 많이 아프겠다."

저는 일부러 과장된 걱정스러운 표정을 지었습니다.

그러고는 마치 여자처럼 부드러운 말투로, "이렇게 비 맞게 해서 정말 미안해." 하고 사과했습니다.

저는 아래층으로 내려가 솜과 소독용 알코올을 가져왔습니다. 다케이치는 제 무릎을 베고 누웠고, 저는 정성스럽게 그의 귀를 소독했습니다. 그 행위 뒤에 숨은 위선과 계산을, 다케이치조차 전혀 눈치채지 못한 듯 보였습니다. 오히려 그는 제 무릎에 머리를 뉘인 채 이렇게 말했습니다. "넌 여자들이 홀딱 반하겠다." 그건 무식한 말투로 건넨, 그의 나름의 칭찬이었습니다.

이 말은, 훗날 저는 알게 되었지만, 다케이치 자신도 미처 자각하지 못했을 정도로 끔찍한, 일종의 악마적인 예언이었습니다. 홀딱 반한다는 표현 속에는 이루 말할 수 없이 저속하고, 우스꽝스럽고, 동시에 터무니없는 자기만족이 담겨 있다고 느낍니다. 이 표현들이 등장하는 순간, 아무리 엄숙하고 고요하던 우울의 사원조차 순식간에 무너져 내리고, 그 자리에 남는 것은 어리석고 공허한 느낌뿐입니다. 이상한 일이지만, '반하게 되는 건 참 우스운 일'이라는 저속한 표현 대신, '사랑받는다는 건 어딘가 불안한 일'이라는 문학적인 말로 대체할 수 있다면, 그 우울의 사원은 쉽게 무너지지 않을지도 모릅니다.

다케이치는, 제가 그의 귀에 흐르는 고름을 닦아줬다는 이유 하나로, 저에게 여자들이 반하겠다는 바보 같은 칭찬을 내뱉었습니다. 당시 제 반응은 그저 얼굴을 붉히고 조용히 웃는 것이었고, 아무런 말도 하지 않았습니다. 하지만 사실 저는, 그의 그 말이 예고하는 바가 무엇인지 어렴풋이 감지하고 있었던 것 같습니다. 아니, 솔직히 말하자면, 어렴풋이 감지했다는 말 자체가 그 저속한 분위기에 감정적 조숙함을 덧붙여주는 표현일 뿐이며, 그건 만담에 나오는 주인공조차 입에 담지 않을 만큼 유치한 감정입니다. 저는 결코 그 바보 같고 자기도취적인 감정에 움직인 것이 아니었습니다.

저는 언제나 인간이라는 종(種) 중에서 여성이라는 존재가 남성보다 훨씬 더 이해하기 어렵다고 느껴왔습니다. 저희 집안에서는 여자 식구들이 남자보다 많았고, 사촌들도 대부분 여자였습니다. 그리고 예전에 저에게 '그 일'을 저질렀던 하녀도 있었습니다. 저는 자라면서 거의 여자들하고만 놀았다고 해도 과언이 아닙니다. 그럼에도 불구하고, 저는 이 여자들과 어울릴 때마다 마치 살얼음을 밟는 듯한 느낌을 지울 수 없었습니다. 그녀들이 무슨 생각을 하고 있는지 거의 짐작조차 하지 못했고, 언제나 안개 속을 걷는 기분이었습니다. 때때로 저는 경솔한 실수를 저질렀고, 그로 인해 깊은 상처를 입곤 했습니다. 그 상처는 남자에게서 얻은 매질과는 달리, 안쪽 깊숙이 파고들어 마치 내출혈처럼 아프고 불쾌했습니다. 한 번 입으면 좀처럼 회복되지 않는, 그런 상처들이었습니다.

여자들은 언제나 나를 이끌었다가 결국은 버렸고, 다른 사람들이 있을 때는 나를 조롱하고 괴롭히면서도, 모두가 자리를 뜨고 나면 다시 열정적으로 나를 껴안았다. 여자들은 너무 깊이 잠들어서, 마치 죽은 사람처럼 보이기도 한다. 누가 알겠는가? 여자들은 어쩌면 잠을 자기 위해 살아가는지도 모른다…. 이런저런 일반화된 생각들은 소년 시절부터 여자를 관찰하며 형성된 것이지만, 제가 내린 결론은 이렇습니다. 여자들은 겉으로 보기에는 남자들과 같은 종에 속하는 존재 같지만, 실제로는 전혀 다른 생명체이며, 이 알 수 없고 교묘한 존재들은 (말도 안 되는 이야기처럼 들릴지 몰라도) 항상 저를 보살펴왔다는 것입니다. 제 경우, '반한다'는 말이나 심지어 '사랑받는다'는 말조차 전혀 어울리지 않습니다. 오히려 '보살핌을 받았다'는 표현이 상황을 훨씬 더 정확하게 설명하는 것 같습니다.

광대 짓에 있어서도, 여성들은 남성보다 훨씬 관대했습니다. 남자들에게 광대를 연기할 때, 그들은 오래 웃지 않았습니다. 제가 분위기에 취해 웃기는 것을 과하게 이어가면, 곧바로 외면당할 것을 알았기에 항상 적당한 선에서 멈추도록 조심해야 했습니다. 하지만 여자들은 절제가 없었습니다. 제가 아무리 오래 우스운 짓을 해도 계속 더 해달라고 요구했고, 저는 그 끊임없는 앙코르 요청에 지쳐 쓰러질 지경이 되었습니다. 여자들은 정말 놀랄 만큼 자주, 그리고 많이 웃습니다. 여자들이 남자보다 훨씬 더 많은 즐거움을 스스로에게 쑤셔 넣고 사는 존재들이라고 말할 수도 있을 것입니다.

제가 학교에 다니는 동안 지냈던 그 집의 두 사촌도, 시간이 날 때마다 제 방을 찾곤 했습니다. 그들이 문을 두드릴 때마다 저는 매번 깜짝 놀라, 거의 펄쩍 뛸 정도로 놀랐습니다.

"공부하고 있어?"

"아니."

저는 웃으며 책을 덮고 대답했습니다.

그러고는 머릿속 생각과는 한참 동떨어진, 바보 같은 이야기 하나를 꺼내기 시작하곤 했습니다.

"오늘 학교에서 말이야. 지리 선생님이, 우리끼리는 몽둥이라고 부르는데…."

어느 저녁, 사촌들이 제 방에 찾아왔고, 저를 가차 없이 끝도 없이 웃기게 한 끝에, 그중 한 명이 말했습니다.

"요조, 안경 쓰면 어떻게 보일지 한번 보자."

"왜?"

"그렇게 유난 떨지 말고, 그냥 써봐. 자, 여기 안경."

그들은 언제나 거칠고 단호한 말투로 말했습니다. 저는 순순히, 광대답게, 큰 누나의 안경을 썼습니다. 그러자 두 사람은 배를 잡고 웃어댔습니다.

"똑같아! 완전 똑같아! 해럴드 로이드랑 똑같이 생겼어!"

그 당시 일본에서는 미국 영화 배우 해럴드 로이드가 매우 인기가 있었습니다.

저는 자리에서 일어나 한 손을 높이 들어 인사하며 말했습니다.

"신사 숙녀 여러분, 이 자리를 빌려 제 일본 팬 여러분께 감사를 드리고자 합니다."

저는 연설 흉내를 내기 시작했고, 사촌들은 더 큰 소리로

웃어댔습니다. 그날 이후로, 마을에 해럴드 로이드 영화가
걸리기만 하면 저는 몰래 가서 그의 표정을 관찰하며 따라
연습했습니다.

어느 가을 저녁, 저는 침대에 누워 책을 읽고 있었는데,
큰 누나(저는 그녀를 늘 '누님'이라 불렀습니다)가 새처럼 잽싸
게 방으로 뛰어들어와 제 침대 위에 털썩 쓰러졌습니다. 그
녀는 눈물 속에 속삭였습니다.

"요조, 넌 도와줄 거지. 그럴 거라고 믿어. 우리 이 끔찍
한 집에서 같이 도망치자. 제발, 도와줘…."

그녀는 한동안 그렇게 격하게 말하다가, 또다시 엉엉 울
기 시작했습니다. 이런 광경은 처음이 아니었습니다. 여자
가 제 앞에서 그런 연극을 벌인 건 여러 번 있었기 때문에,
누님의 지나치게 감정적인 말들도 별로 놀랍지 않았습니
다. 오히려 저는 그 상투적이고 텅 빈 말들에 약간의 지루
함을 느꼈습니다. 저는 침대에서 조용히 빠져나와 책상으
로 가 감 하나를 집어 들었습니다. 감을 깎은 뒤, 조각 하나
를 누님에게 내밀었습니다. 그녀는 흐느끼며 받아 먹고는
말했습니다.

"재미있는 책 있어? 뭐 좀 빌려줘."

저는 책장 속에서 나쓰메 소세키의 『나는 고양이로소이
다』를 골라 건넸습니다.

"감 고마워."

누님은 방을 나서며 어색한 미소를 지었습니다. 그녀만

그랬던 것은 아닙니다. 저는 종종 이런 생각을 하곤 합니다. 여자가 어떤 감정을 가지고 살아가는지를 파악하는 일이, 지렁이의 내면을 들여다보는 일보다 더 복잡하고, 더 귀찮고, 더 불쾌할지도 모른다고요. 오랜 개인적 경험을 통해 저는 이런 교훈을 얻었습니다. 여자가 갑자기 히스테리를 부릴 때, 그녀의 기분을 되돌리는 가장 좋은 방법은 달콤한 무언가를 건네주는 것입니다.

그녀의 여동생 셋짱은 친구들까지 제 방에 데려오곤 했고, 저는 늘 하던 대로 공평하게 모두를 웃기며 즐겁게 해주었습니다. 그런데 친구가 돌아가기만 하면 셋짱은 어김없이 그 친구에 대한 불쾌한 말을 꺼내며, 마지막엔 꼭 이렇게 말했습니다. 쟤 나쁜 애야. 조심해야 돼. 그러면 저는 속으로 생각했습니다. 그런 애라면 굳이 데려올 필요도 없었잖아. 그렇게 셋짱 덕분에 제 방을 찾는 손님은 거의 모두 여자들이었습니다.

하지만 그렇다고 해서 다케이치가 했던 말, "여자들이 널 좋아하게 될 거야."라는 칭찬이 이미 실현되었다는 의미는 결코 아니었습니다. 저는 그저 동북 지방의 해럴드 로이드일 뿐이었습니다. 다케이치의 어리석은 그 한마디가 섬뜩한 예언처럼 실현되어 실제로 숨이 찰 만큼 다가오기까지는, 몇 년의 시간이 더 필요했습니다.

다케이치는 저에게 또 하나의 중요한 선물을 남겼습니다.

"이거 괴물 그림이야."

어느 날 다케이치가 제 방에 놀러 왔습니다. 그는 형형색색의 그림 한 장을 흔들며 자랑스럽게 보여주었습니다.

저는 깜짝 놀랐습니다. 지금 돌이켜보면, 아마 그 순간이 제 앞길을 결정지은 때였던 것 같습니다. 다케이치가 보여준 그림이 무엇인지 저는 단번에 알 수 있었습니다. 그건 익숙한 반 고흐의 자화상이었습니다. 저희가 어린 시절이던 무렵, 프랑스 인상파 화파는 일본에서도 크게 유행했고, 서양 미술을 감상하는 입문은 대개 이들의 작품에서 시작되곤 했습니다. 반 고흐, 고갱, 세잔, 르누아르 같은 화가들의 그림은 시골 학교 학생들에게조차 사진 복제본을 통해 익숙한 것이었습니다. 저도 반 고흐의 그림을 컬러 복사본으로 여러 번 본 적이 있었고, 그의 거친 붓질과 강렬한 색채는 제게 큰 흥미를 불러일으켰습니다. 하지만 그 그림이 괴물처럼 보인다고 생각해본 적은 한 번도 없었습니다.

저는 책장에서 모딜리아니의 화집을 꺼내어, 잘 알려진 구릿빛 누드화들을 다케이치에게 보여주었습니다.

"이건 어때? 이것도 괴물 같아 보여?"

"이거 죽인다." 다케이치는 감탄하며 눈을 크게 떴습니다. "지옥에서 튀어나온 말 같아."

"그럼 이 그림들도 결국은 괴물이네, 그렇지?"

"나도 저런 괴물 그림 그릴 수 있었으면 좋겠다."

다케이치가 말했습니다. 세상에는 인간에 대한 공포가

너무도 병적이어서, 점점 더 끔찍한 형태의 괴물을 자기 눈으로 보고 싶어 하는 경지에 이르는 사람들이 있습니다. 그리고 그들이 예민하고 겁이 많을수록, 폭풍우가 더 격렬해지기를 바라는 마음도 더 강렬해집니다. 그런 심리를 가진 화가들은, 인간이라는 유령들에게 반복해서 상처받고 위협당하면서, 결국 환영의 존재를 믿게 되었습니다. 그들은 대낮, 자연 한가운데서 괴물들을 실제로 보았습니다. 그리고 사람들을 웃기려는 광대 짓 따위는 하지 않았습니다. 자신이 본 괴물들을 가능한 한 있는 그대로, 진지하게 그려내려 했습니다. 다케이치는 옳았습니다. 그들은 악마를 그릴 용기를 낸 사람들이었습니다. 저는 생각했습니다. 이런 그림들이야말로 앞으로 제 친구가 되어줄 것이라고. 그 생각에 저는 감격해, 눈물이라도 흘릴 것만 같았습니다.

"나도 그림을 그릴 거야. 나도 귀신이랑 악마, 그리고 지옥에서 튀어나온 말 같은 걸 그릴 거야."

다케이치에게 그렇게 말하면서, 제 목소리는 왜인지 모르게 거의 들리지 않을 정도로 낮아졌습니다.

초등학교 시절부터 저는 그림 그리기와 그림 구경을 좋아했습니다. 하지만 제 그림은, 제 작문만큼 친구들 사이에서 그다지 인정을 받지 못했습니다. 저는 인간의 의견이라는 것을 조금도 신뢰한 적이 없었고, 제 이야기들은 그저 광대가 관객에게 보내는 인사 같은 것에 불과했습니다. 선생님들은 제 글을 극찬했지만 제게는 아무 흥미도 없는 것이었습니다. 오직 그림만이, 대상을 묘사하는 행위만이(만화는 또 다른 이야기지만) 제 나름의 유치하지만 순수한 스타일로 진심을 다해 몰두할 수 있는 대상이었습니다. 학교에서 사용하던 미술 공책은 칙칙했고, 미술 선생님의 그림은 놀라울 만큼 형편없었습니다. 그래서 저는 어떠한 지도도 없이 오로지 혼자 실험을 해보아야 했고 떠오르는 모든 표현 방식을 동원해보았습니다. 고등학교에 들어가면서부터는 유화 물감과 붓 세트를 갖게 되었고, 인상파 화가들의 기법을 흉내 내려 애썼습니다. 하지만 제 그림은 종이 인형처럼 평면적이었고 앞으로 발전할 가능성조차 없어 보였습니다.

그러나 다케이치의 한마디는 제가 그림에 대해 가졌던 마음가짐이 완전히 잘못되어 있었다는 사실을 일깨워주었습니다. 예쁘다고 생각한 것을 예쁘게 그리려는 얄팍함, 그것이야말로 얼마나 피상적이고 어리석은지! 진정한 화가들은 자신의 주관적 시선을 통해 하찮은 것들 속에서도 아름다움을 창조해냈습니다. 그들은 혐오스럽게 추한 것에조차 흥미를 감추지 않았고, 오히려 그것을 그려내는 즐거움에 흠뻑 빠졌습니다. 다시 말해 그들은 다른 사람들의 착각에 전혀 의존하지 않았던 것입니다. 이제 다케이치 덕분에 저는 회화 예술의 근본 비밀에 눈뜨게 되었고, 몇 장의 자화상을 그리기 시작했습니다. 물론 그것이 여자 손님들의 눈에 띄지 않도록 조심하면서 말입니다.

제가 그린 그림들은 저 자신조차 놀라 얼어붙을 만큼 비통한 것이었습니다. 그 속에는 제가 그토록 필사적으로 숨겨왔던 진짜 '나'가 있었습니다. 저는 밝게 웃었고, 사람들을 웃게 만들었지만 이것이야말로 참혹한 현실이었습니다. 저는 몰래 그 자아를 긍정했고 도망칠 수 없는 진실이라고 확신했지만 당연히 그 그림들을 다케이치 외에는 누구에게도 보여주지 않았습니다. 광대 짓 너머에 숨어 있던 이 악몽 같은 현실이 들통났을 때, 사람들의 수상쩍은 경계심을 갑자기 마주하게 될지도 모른다는 생각이 싫었습니다. 한편으론, 사람들이 그 그림을 보고도 제 진짜 모습을 알아보지 못한 채, 그것마저도 제 광대극의 새로운 변주라고 여기며 킥킥대고 웃을지도 모른다는 두려움도 있었습니다. 그것이야말로 가장 고통스러운 일이었을 것입니다. 그래서 저는 그림들을 장롱 깊숙한 곳에 숨겨두었습니다.

학교 미술 시간에는 그 '괴물식 기법'을 철저히 감춘 채, 여느 때처럼 평범하고 예쁜 그림들을 계속 그렸습니다.

다케이치에게(오직 그에게만) 저는 제 여린 감성을 드러낼 수 있었고, 이제는 주저 없이 자화상을 보여주었습니다. 그는 매우 감탄했고, 저는 자화상 두세 점을 더 그리고, 괴물 그림 하나도 추가로 그렸습니다. 그러자 다케이치는 예언을 남겼습니다.

"너는 언젠가 위대한 화가가 될 거야."

그로부터 오래 지나지 않아 저는 도쿄로 상경했습니다.

이마에는 반쯤 얼빠진 다케이치가 남긴 두 가지 예언이 새겨져 있었습니다. 여자들이 널 좋아하게 될 거야. 그리고 넌 훌륭한 화가가 될 거야.

저는 미술학교에 가고 싶었지만, 아버지는 저를 대학에 넣었습니다. 언젠가는 저를 공무원으로 만들겠다는 생각이셨던 것입니다. 그것이 저에게 내려진 '선고'였고, 저는 단한 번도 되받아친 적 없는 인간으로서 아무 말 없이 따랐습니다. 아버지의 권유로 저는 1년 일찍 대학 입시를 치렀고, 합격했습니다. 이 무렵 저는 이미 바닷가와 벚꽃의 고등학교 생활에 지쳐 있었습니다.

도쿄에 도착하자마자 저는 기숙사 생활을 시작했는데 그 비참함과 폭력성에 충격을 받았습니다. 이번에는 더 이상 광대 짓을 할 마음조차 들지 않았습니다. 저는 의사를 통해 폐에 이상이 있다는 진단서를 받아냈고, 기숙사를 나와 우에노에 있는 아버지의 별장으로 옮겨 살게 되었습니다.

공동생활은 저에게 완전히 불가능한 일이었습니다. '청춘의 열정'이라든가 '젊음의 긍지' 같은 말을 듣기만 해도 소름이 끼쳤고, 아무리 상상력을 동원해도 저는 도무지 그 '대학생 정신' 속에 자신을 담글 수 없었습니다. 강의실과 기숙사는 일그러진 성적 욕망의 쓰레기장처럼 느껴졌고, 제가 완성에 가까웠던 광대 연기조차 그곳에서는 전혀 통하지 않았습니다.

국회가 열리지 않을 때면 아버지는 그 집에 한두 주 정도 머무시는 게 전부였습니다. 아버지가 없는 동안은 다소 위엄 있는 그 저택에 저와 집을 관리해주는 노부부, 이렇게 세 사람만 있었습니다. 저는 수업을 자주 빼먹었지만, 도쿄 구경을 하고 싶어서 그런 것은 아니었습니다(저는 아마 메이지 신궁도, 구스노키 마사시게 동상도, 센가쿠지의 47인의 사무라이 묘지도 한 번도 보지 못한 채 생을 마감하게 될 것 같습니다). 대신 저는 하루 종일 집 안에 틀어박혀 책을 읽거나 그림을 그렸습니다. 아버지가 도쿄에 계실 때는 아침마다 제시간에 학교에 가는 척 외출했지만, 실제로는 혼고에 있는 어떤 화가의 화실로 가서 미술 수업을 듣기도 했고, 거기서 세 시간, 네 시간씩 스케치 연습을 하기도 했습니다.

대학 기숙사를 탈출한 뒤, 저는 나름 냉소적으로(이건 제착각이었을 수도 있지만) 스스로가 꽤 특별한 입장에 있다고 느끼고 있었습니다. 수업에 가도 정규 학생이라기보다는 청강생처럼 느껴졌고, 그래서 수업은 더더욱 지루하게만 느껴졌습니다. 저는 초등학교부터 고등학교, 그리고 대학에 이르기까지 단 한 번도 애교심이란 것이 뭔지 이해해본 적이 없었습니다. 교가조차 외우려 하지 않았습니다.

얼마 지나지 않아, 미술 학원에서 알게 된 한 학생이 저를 술과 담배, 매춘부와 전당포, 그리고 좌익 사상이라는 '신비한 세계'로 인도했습니다. 묘한 조합이지만, 실제로 그렇게 되었던 것입니다.

그 학생의 이름은 호리키 마사오였습니다. 그는 도쿄 시내에서 태어났고, 저보다 여섯 살이 많았으며, 사립 미술학교를 졸업한 사람이었습니다. 집에 작업실이 없어, 제가 다니던 미술 학원에 나와 유화 공부를 계속하는 척하곤 했습니다.

어느 날, 우리는 서로 얼굴만 아는 정도였고 아직 말 한마디 나눈 적도 없었는데, 호리키가 갑자기 저에게 말했습니다.

"5엔만 빌려줄 수 있어?"

너무 당황한 나머지, 저는 결국 그에게 돈을 주고 말았습니다.

"좋았어! 이제 술 마시러 가자. 내가 살게. 참 잘생긴 녀석이네!"

저는 거절도 하지 못하고, 학교 근처의 한 카페로 끌려갔습니다. 그것이 우리 우정의 시작이었습니다.

"난 예전부터 널 눈여겨보고 있었어. 봐봐, 그 수줍은 미소. 그게 바로 유망한 예술가의 특징이야. 자, 우리의 우정을 기념해서 원샷! 저기, 기누 씨. 이 녀석 참 잘생겼지? 하지만 반하면 안 돼요. 슬픈 일이지만, 이 녀석이 나타난 이후로 난 이제 두 번째로 잘생긴 사람이 됐거든."

호리키는 피부가 다소 어두운 편이었지만, 이목구비는 단정했고, 미술 학도치고는 보기 드물게 언제나 말쑥한 양복에 보수적인 넥타이를 매고 다녔습니다. 머리에는 포마드를 발라 가운데 가르마를 탔습니다.

그 풍경은 저에게 낯설었습니다. 저는 불안하게 팔짱을 폈다 접었다 하며 앉아 있었고, 제 미소는 정말로 수줍었습니다. 하지만 맥주 두세 잔을 마시는 동안 이상하리만치 가벼운 해방감을 느끼기 시작했습니다.

"진짜 미술학교에 들어가보고 싶다는 생각을 좀 했었는데…."

"바보 같은 소리 마. 아무 소용 없어. 학교란 다 쓸모없는 거야. 우리 스승은 바로 자연 속에 있다고! 자연을 향한 열정"

저는 그의 말에 대해 조금도 존경심을 느끼지 않았습니다. 속으로는 이렇게 생각하고 있었습니다. '바보 같고, 그림도 형편없지만, 같이 어울리기엔 나쁘지 않을지도 몰라.' 제 인생에서 처음으로 진짜 도쿄의 '쓸모없는 인간'을 만난 것이었습니다. 그 역시 저 못지않게(물론 방식은 달랐지만) 세상의 보통 인간들의 활동에서 완전히 벗어나 있었습니다. 우리가 같은 종족이라고 할 수 있다면, 그것은 오직 우리가 둘 다 길을 잃은 존재들이라는 점에서였습니다. 하지만 동시에 우리 사이에는 근본적인 차이가 있었습니다. 그는 자신이 얼마나 우스꽝스러운지를 전혀 인식하지 못한 채 살고 있었고, 그 우스꽝스러움 속에 깃든 비참함에 대해서도 전혀 자각이 없었습니다.

저는 그를 오직 '오락용'으로나 어울릴 만한 인간으로 깔보았습니다. 실제로 그와 어울리는 것이 때때로 부끄럽게 느껴질 때도 있었습니다. 그럼에도 불구하고, 결국 그와 함께 어울리는 나날 속에서, 호리키조차 저에게는 너무 강한 존재가 되어버렸습니다.

하지만 처음엔 저는 호리키가 좋은 사람이라고, 아니, 유달리 좋은 사람이라고까지 믿고 있었습니다. 늘 인간을 두려워하던 저였지만, 그를 만난 뒤에는 처음으로 경계를 풀고 도쿄 생활의 훌륭한 안내자를 만났다고 생각하게 된 것이었습니다. 사실 저는 도쿄에 처음 올라왔을 때, 전차를 타는 것도 무서웠습니다. 차장에게 겁을 먹었기 때문이었습니다. 가부키 극장에 들어가는 것도 두려웠습니다. 붉은 카펫이 깔린 계단 양쪽에 줄지어 서 있던 안내원들이 무서웠기 때문입니다. 식당에 들어가는 것조차 힘들었습니다. 뒤에서 몰래 제 접시가 비워지기를 기다리는 웨이터들의 눈치를 보는 것이 너무나 위축되게 만들었기 때문입니다. 그중에서도 제가 가장 두려워했던 건, 계산을 하는 순간이었습니다. 무언가를 사고 난 뒤 돈을 건넬 때마다 느끼는 어색함은, 결코 인색함 때문이 아니라, 지나친 긴장, 지나친 당황, 지나친 불안과 두려움 때문이었습니다. 눈앞이 핑 돌고, 세상이 어두워지며, 저는 마치 제정신이 아닌 듯한 상태에 빠졌습니다. 값을 깎는다는 건 생각할 수도 없었고, 잔돈을 받아오는 걸 잊은 일도 자주 있었으며, 심지어는 산 물건 자체를 챙기지 못하고 그냥 나와버린 적도 많았습니다. 저 혼자 힘으로 도쿄 시내를 돌아다니는 것은 도저히 불가능했습니다. 그래서 저는 온종일 집 안에서 빈둥거리며 시간을 보내는 수밖에 없었던 것입니다.

그래서 저는 제 돈을 호리키에게 맡기고, 둘이 함께 밖으로 나돌아다녔습니다. 그는 흥정의 귀재였고 (이 점 때문에 그는 쾌락 추구의 전문가라는 평가를 받을 만했는데) 아주 적은 돈으로 최대의 효과를 끌어내는 데 비상한 재주를 가지고 있었습니다. 그는 택시를 타지 않고도 어디든 가장 빠른 시간 안에 도착하는 법을 알고 있었고, 때에 따라 전차, 버스, 심지어 강을 건너는 증기선까지 활용했습니다. 그는 저에게 실용적인 '현장학습'을 시켜주었습니다. 예를 들어, 밤새 매춘부와 시간을 보낸 뒤 아침에 어떤 식당에 들러 식사와 함께 목욕까지 하면, 그것만으로도 값싸게 호화로운 삶의 기분을 맛볼 수 있다는 식이었습니다. 그는 또 소고기 덮밥이나 닭꼬치 같은 노점 음식이 값싸면서도 영양가 높다고 설명해주었고, 브랜디가 가장 빠르게 취하게 해주는 술이라고 장담했습니다. 어쨌든 계산에 관한 한, 그는 제게 어떤 불안감이나 공포도 느끼게 하지 않았습니다.

또 하나, 호리키와 함께 있을 때 저를 살려주었던 것은 그가 상대방이 무슨 생각을 하고 있든 전혀 신경 쓰지 않는 사람이었다는 점입니다. 그는 하루 24시간 내내, 그때그때 떠오르는 열정에 따라 아무 말이나 쉴 새 없이 떠들어댈 수 있었고, (어쩌면 그의 열정이란 건 결국 듣는 이의 감정을 무시하는 데서 비롯된 것일지도 모릅니다) 그런 그의 수다는 우리가 쾌락에 지쳐 말이 없어졌을 때조차도 불편한 침묵이 찾아올 위험을 완전히 없애주었습니다. 저는 언제나 다른 사람들과 있을 때는 그런 무서운 침묵이 생기지 않도록 긴장을 늦추지 않았지만, 본래 말수가 적은 저는 그 침묵을 광대 짓으로 겨우겨우 모면해야만 했습니다. 그런데 이제는, 멍청한 호리키가 (자신도 모르는 사이에) 광대 역할을 대신해주고 있었고, 저는 굳이 대답을 잘 맞춰줄 필요도 없었습니다. 그의 말이 귀를 타고 흘러가도록 두고, 가끔씩 미소를 지으며 "정말이야?" 한마디만 해주면 그걸로 충분했던 것입니다.

저는 곧 술, 담배, 그리고 매춘부들이 인간에 대한 공포를 (비록 잠깐일지라도) 흩어버리는 데 있어 탁월한 수단이라는 사실을 깨달았습니다. 심지어 이 탈출구를 얻기 위해 마지막 남은 소지품까지 팔아야 한다 해도, 그럴 만한 가치가 있다고 느꼈을 정도였습니다.

저는 매춘부들을 인간으로, 아니, 여자로조차 생각하지 못했습니다. 그들은 얼빠지거나 미친 사람들처럼 보였고, 그래서일까요, 그들의 품 안에서 저는 절대적인 안정을 느낄 수 있었습니다. 숙면을 취할 수 있었습니다. 그들이 얼마나 욕심이 없는 존재인지, 그 순진함은 오히려 가련하게까지 느껴졌습니다. 어쩌면 그들도 저에게, 같은 부류라는 유대감을 느꼈는지도 모릅니다. 그들은 항상 부담스럽지 않은 자연스러운 친절함을 보여주었고, 다시 오지 않을지도 모를 저에게, 어떤 숨은 의도도, 강요도 없는 순수한 친근감을 건넸습니다. 어떤 밤에는, 저는 그런 얼빠진 듯한, 광기에 가까운 매춘부들에게서 성모 마리아의 후광까지 느꼈습니다.

저는 인간에 대한 공포로부터 도망치고, 단지 하룻밤의 안식을 찾기 위해 그들을 찾았던 것이지만, 그런 저와 '같은 부류'의 매춘부들과 어울리며 위안을 얻는 사이에, 저도 모르는 새 제게서 어떤 불쾌한 분위기가 피어났습니다. 그것은 전혀 예상치 못한 부작용이었지만 점점 더 뚜렷해졌고, 마침내 호리키가 그것을 지적했을 때 저는 놀라움과 당혹감을 느꼈습니다. 객관적으로 말하자면, 저는 매춘부들을 통해 여성이라는 존재에 대한 일종의 '수련'을 겪은 셈이었고, 요즘 들어 저는 그 세계에 꽤 능숙해져 있었습니다. 사람들은 여성에 대해 가장 혹독한 수련을 받을 수 있는 상대가 매춘부들이라고 말하고, 그렇기에 그것이 가장 효과적인 방법이라고들 합니다. 저는 이미 그들로부터 이른바 '선수'의 기운을 물씬 풍기게 되었고, 여성들이(단지 매춘부들뿐 아니라) 그 냄새를 본능적으로 감지하고는 저에게 다가오기 시작했던 것입니다. 이 외설스럽고 초라한 분위기는, 제가 받은 일종의 '덤'이었고, 그것은 오히려 그 수련을 통해 얻은 치유보다 훨씬 더 눈에 띄는 것이었습니다.

호리키는 아마도 반쯤은 칭찬 삼아 그렇게 말했을 것입니다. 하지만 그 말은 제 가슴 깊은 곳의 아픈 심금을 건드렸습니다. 그 말을 들은 순간, 저는 문득 떠올렸습니다. 어딘가 어설프게 적혀 있던 술집 여자들의 편지들, 우리 집 옆에 살던 스무 살 장군의 딸, 제가 아침마다 등교할 때면 매번 괜히 치장한 채 대문 근처를 서성거리던 그 애, 제가 말 한마디 하지 않아도 괜히 자꾸 다가오던 스테이크 식당의 여종업원, 제가 자주 가던 담배 가게에서 담배를 건네 줄 때면 꼭 뭔가를 함께 넣어주던 그 소녀, 가부키 극장에서 제 옆자리에 앉았던 어떤 여자, 그리고 한밤중 전차에서 취해 잠들었을 때, 시골의 여자 친척으로부터 갑자기 날아온 열기로 가득 찬 편지, 또 제가 잠시 자리를 비운 사이 누군가 제게 남겨둔, 직접 만든 인형…. 그런 여자들 모두와의 관계는 언제나 제가 철저히 소극적이었고, 결국 아무 일도 일어나지 않은 채 흐지부지된 조각들에 지나지 않았습니다.

하지만 그럼에도 불구하고, 그것이 단순한 착각은 아니라는 건 부정할 수 없는 사실이었습니다. 제 주위에는 여성들의 감상적 공상과 감정을 자극하는 어떤 분위기가 항상 어렴풋이 감돌고 있었던 것입니다. 그걸 호리키 같은 사람에게 지적당한 것은 수치에 가까운 씁쓸함을 안겨주었고, 동시에 저는 갑자기 매춘부들에 대한 흥미를 완전히 잃어버렸습니다.

자신의 '모던함'을 과시하고 싶었던 건지(달리 이유를 생각할 수가 없습니다), 어느 날 호리키는 저를 몰래 공산주의 모임에 데려갔습니다(정확한 명칭은 기억나지 않지만, 아마 '독서회' 같은 것이었던 것 같습니다). 호리키에게 그 비밀스러운 공산주의 모임은, 어쩌면 도쿄 구경거리 중 하나였을지도 모릅니다. 저는 그곳에서 '동지들'에게 소개되었고, 소책자 하나를 억지로 사야 했습니다. 이어서 한 초청 연사(믿을 수 없을 만큼 못생긴 청년이었습니다)가 마르크스 경제학에 대한 강의를 했습니다. 그가 말한 내용은 하나같이 극히 당연하고, 분명히 사실이긴 했지만, 저는 인간의 마음속에는 훨씬 더 모호하고, 훨씬 더 섬뜩한 무언가가 도사리고 있다고 느꼈습니다. 단순히 '탐욕'이라 불릴 수 있는 것도 아니었고, '허영심'으로 설명되는 것도 아니었습니다. 욕망과 탐욕이 합쳐진 것이라고 하기에도 부족했습니다. 그게 정확히 무엇인지는 알 수 없었지만, 인간 사회의 가장 밑바닥에는 경제학적으로 환원되지 않는, 설명할 수 없는 어떤 괴상한 요소가 있다고 느꼈습니다.

그 괴이한 정체불명의 요소가 저를 공포로 몰아넣었지만, 저는 마치 물이 저절로 흐르듯 자연스럽게 유물론을 받아들였습니다. 그러나 유물론은 제 안에 깊이 뿌리박힌 인간에 대한 공포를 해방시켜주지는 못했습니다. 새싹을 보고 눈을 뜨는 인간이 느끼는 그 희망의 기쁨, 그것을 저는 느낄 수 없었습니다.

그럼에도 불구하고 저는 독서회 모임에 꾸준히 참석했습니다. '동지들'이 생사를 논하는 듯한 긴장된 얼굴로, '1 더

하기 1은 2' 수준의 아주 기초적인 이론들을 열심히 토론하는 모습을 보고 있으면, 어쩌나 우스운지 저는 배를 잡고 웃고 싶어질 정도였습니다. 저는 언제나 하던 대로 광대 짓으로 그 모임의 팽팽한 분위기를 조금이나마 누그러뜨리려 했습니다. 아마 그래서였겠지요, 점점 그 집단 특유의 압박감 있는 분위기도 느슨해졌고, 저는 그 모임에서 없어서는 안 될 존재로 여겨질 만큼 인기를 끌게 되었습니다.

이 단순한 사람들은 어쩌면 저를 자신들과 마찬가지로 단순한, 낙천적이고 웃음을 좋아하는 동지라고 생각했을지도 모릅니다. 하지만 만약 그게 그들의 생각이었다면, 저는 그들을 완전히 속이고 있었던 것입니다. 저는 그들의 동지가 아니었습니다. 그럼에도 저는 단 한 번도 빠지지 않고 모임에 참석했고, 저만의 광대 짓을 보여주었습니다.

그건 제가 좋아서 한 일이었습니다. 그 사람들이 마음에 들어서 그랬던 것입니다. 우리가 마르크스라는 이름 아래 공유한 애정 때문은 아니었습니다.

비합법. 그 단어를 떠올리면 어딘가 희미하게 기분이 좋았습니다. 아니, 정확히 말하자면, 저는 그 속에서 마음이 놓였습니다. 저를 진정으로 두렵게 했던 것은 오히려 세상이 합법이라고 하는 것들이었습니다. 거기에는 어쩔 수 없이 무한한 힘의 예감이 깃들어 있었기 때문입니다. 그 논리의 구조는 도무지 이해할 수 없었고, 저는 그 창도 없는 얼어붙은 방 안에 갇혀 있을 수가 없었습니다. 바깥에는 불합

리함이라는 바다가 펼쳐져 있었고, 그 물속에 몸을 던져 언젠가 가라앉게 되더라도, 차라리 그 편이 훨씬 편안하게 느껴졌습니다.

음지인이라는 말이 있습니다. 그 말은 세상의 낙오자, 타락한 자들을 가리키는 것처럼 들리지만, 저는 마치 태어날 때부터 이미 그런 존재였던 것 같은 기분이 듭니다. 세상이 '부적응자'라고 낙인을 찍은 사람을 만나게 될 때마다, 저는 어김없이 그에게 애정을 느끼게 되고, 그 감정은 언제나 저를 부드럽고 따뜻하게 휩쓸어갑니다.

사람들은 또 '죄의식'이라는 말도 합니다. 저는 인간 세상에서 살아오는 내내 그 의식에 시달려왔지만, 그것은 오히려 가난 속의 아내처럼 충실히 곁을 지켜온 존재였습니다. 우리는 둘이서, 고독한 쾌락을 함께 나누며 살아왔습니다. 어쩌면 이런 자세가, 제가 지금까지 살아온 방식 중 하나였는지도 모르겠습니다. 사람들은 흔히 '양심의 상처'라는 표현도 씁니다. 하지만 제 경우에는, 그 상처는 제가 아주 어릴 적에 저절로 생긴 것이었고, 시간이 흐르면서 아물기는커녕 점점 더 깊어져 지금은 뼛속까지 파고들었습니다. 밤마다 제가 겪은 고통은 끝없는 다양한 형벌로 이루어진 지옥 그 자체였지만 (이건 정말 이상한 표현이지만) 그 상처는 어느 순간부터 제 살과 피보다도 소중한 존재가 되었고, 저는 그 아픔을 상처가 살아 있다는 감정, 어쩌면 애정을 담은 속삭임이라고까지 여긴 적도 있었습니다.

저 같은 인간에게 지하운동 조직의 분위기는 이상할 정도로 편안하고, 마음을 놓게 해주는 것이었습니다. 다시 말해, 제가 끌렸던 것은 그 운동의 본질적 목표라기보다는, 그것이 풍기는 '성격'이었습니다. 그 운동은 호리키에게 있어 단지 바보 같은 농담의 핑곗거리에 불과했습니다. 그가 참석한 모임은 제가 처음 소개되었던 단 한 번뿐이었고, 이후엔 다시 오지 않았습니다. 그는 마르크스주의자는 사회의 생산 문제뿐 아니라 소비 문제도 공부해야 한다는 멍청한 농담을 남긴 채 모임에는 나오지 않았습니다. 어쨌든 우리 둘이 함께한 것은 생산이 아니라 소비에 관한 것뿐이었습니다. 이제 와서 돌이켜보면, 그 시절에는 정말 다양한 부류의 마르크스주의자들이 있었습니다. 호리키처럼 공허한 '모던함'을 내세우며 스스로를 마르크스주의자라 부르는 이들도 있었고, 저처럼 그 운동이 풍기는 불합리의 기운에 매료되어 끌려간 이들도 있었습니다.

만약 마르크스주의의 진짜 신봉자들이 호리키와 제가 무엇에 진심으로 관심을 두고 있었는지를 알게 되었다면, 분노하여 우리를 즉시 더러운 배신자라고 몰아내었을 것이 틀림없습니다. 하지만 이상하게도, 호리키도 저도 그런 제명 처분은커녕 그럴 기미조차 겪은 적이 없었습니다. 오히려 저는 그 불합리한 세계 속에서, 이른바 이성적인 신사들의 세계보다 훨씬 더 마음이 놓였고, 그 덕분에 오히려 '건전한' 방식으로 요구된 역할을 해낼 수 있었던 것입니다. 그래서 저는 유망한 동지로 여겨졌고, 우스꽝스러울 만큼 비밀스러운 임무들까지 맡게 되었습니다. 사실 저는 단 한 번도 그들이 시키는 일을 거절한 적이 없었습니다. 이상할 정도로 순종적으로, 그들이 요구하는 일을 침착하게 해냈고, 동지들이 경찰을 '개'라고 부르며 경계하던 상황에서도 저는 한 번도 의심을 산 적조차 없이, 경찰에 불려간 적도 없었습니다. 저는 웃으며, 남들도 웃게 만들며, 그들이 맡긴 '위험한 임무'들을 정확히 수행했습니다(그 운동 속 사람들은 경이로울 정도로 조심스러웠고, 늘 생사를 오가는 긴장감에 사로잡혀 있었으며, 그 모습은 마치 엉성한 탐정소설을 흉내 내는 것 같기까지 했습니다. 제가 수행했던 임무들은 실상 어처구니없을 만큼 하찮은 것들이었지만, 동지들은 끊임없이 이 일이 얼마나 위험한지를 스스로 상기하며 극도의 흥분 상태를 유지하곤 했습니다).

그 당시 저는, 만약 당원이 되어 체포되어 종신형을 받는다 해도 전혀 개의치 않을 것 같았습니다. 인간들이 살아가는 '현실'에 대한 지옥 같은 공포 속에서 밤마다 잠 못 이루며 신음하는 것보다는, 감옥에서의 삶이 오히려 더 편안할 수도 있겠다는 생각마저 들었던 것입니다.

아버지와 제가 같은 집에 살고 있었을 때조차도, 그는 손님을 맞이하거나 외출하느라 늘 바빠서, 서로 얼굴 한번 보지 않고 사나흘이 흘러가는 일이 다반사였습니다. 그렇다고 해서 그의 존재가 덜 억압적이고 덜 위협적으로 느껴졌던 것은 아니었습니다. 저는 속으로 이 집을 나가 어디 하숙이라도 얻어 살면 좋겠다는 생각을 품고 있었지만, 감히 그것을 입 밖에 내지는 못하고 있었습니다. 그런데 어느 날, 집을 돌보던 노인에게서 들은 이야기에 따르면, 아버지는 이 집을 팔 계획을 하고 있는 듯했습니다.

아버지의 국회의원 임기가 곧 만료될 예정이었고, 아마도 여러 가지 이유로 그는 다시 출마할 생각이 없어 보였습니다(솔직히 말해 저는 아버지의 속내를 낯선 이의 것만큼이나 이해하지 못했습니다). 아마 그는 고향 어딘가에 은거처를 마련하기로 마음먹었는지도 모릅니다. 원래 아버지는 도쿄에 대해 큰 애정을 가지지 않았고, 이제는 단지 대학생 하나 때문에 하인을 두고 큰 집을 유지하는 것이 의미 없다고 판단했을 수도 있습니다. 어쨌든 그 집은 얼마 지나지 않아 팔렸고, 저는 곧바로 혼고 모리카와초에 있는 낡은 하숙집의 음침한 방으로 옮겨야 했습니다. 그때부터 저는 본격적으로 금전적 고민에 시달리게 되었습니다.

아버지는 매달 정해진 용돈을 주셨는데, 그 돈은 대개 이틀이나 사흘이면 사라졌습니다. 그래도 집에 있을 때는 담배, 술, 과일이 항상 준비되어 있었고, 책이나 문구류, 옷 같은 다른 물건들도 동네 단골 가게에서 외상으로 살 수 있었습니다. 아버지가 거래하던 가게라면, 아무 말도 없이 그냥 물건을 들고 나와도 문제되지 않았습니다.

그러던 어느 날 갑자기 저는 낯선 하숙집에서 혼자 살아가야 했고, 고향에서 매달 보내주는 용돈으로 근근이 살아가야 했습니다. 완전히 막막했습니다. 용돈은 예전처럼 이틀이나 사흘 만에 바닥났고, 저는 공포와 절망에 미쳐버릴 듯한 기분이었습니다. 아버지, 형제자매들에게 번갈아가며 돈을 구하는 전보를 마구 보냈습니다. 전보 다음에는 상세한 내용을 적은 편지가 이어졌습니다(물론 그 편지에 적힌 내용은 전부 어처구니없는 허구였고, 저는 웃음을 유도해야 도움을 받을 수 있다고 생각했습니다). 호리키의 조언을 받아 전당포에도 드나들기 시작했지만, 그래도 돈은 늘 모자랐습니다.

무엇보다도, 아는 사람 하나 없는 그 하숙집에서 혼자 조용히 있는 게 견딜 수 없을 만큼 무서웠습니다. 마치 누군가 갑자기 들이닥쳐 저를 공격하거나 때릴 것 같은 공포에 시달렸습니다. 저는 밖으로 뛰쳐나가 활동가들과 어울려 일을 돕거나, 호리키와 함께 술집을 전전하며 값싼 사케를 마셨습니다. 학교 공부는 물론이고 그림도 거의 손을 놓았습니다. 그러다 대학 2학년 11월, 저보다 나이가 많은 유부녀와 동반자살 사건에 휘말리게 되었습니다. 그 일이 제 모든 것을 바꾸어놓았습니다.

저는 더 이상 수업에 나가지 않았고, 전공 공부도 단 1분도 하지 않았습니다. 그런데도 놀랍게도 시험에서는 그럴듯한 답변을 해낼 수 있었고, 덕분에 가족에게는 여전히 모든 것이 순조로운 것처럼 보이게 만들 수 있었습니다. 하지만 결국에는 너무나도 나쁜 출석률 탓에 학교에서 아버지께 은밀히 보고된 모양입니다. 그러자 아버지를 대신해 큰 형이 저에게 장문의 편지를 보내와, 엄격하고 냉정한 말투로 지금의 생활 태도를 반드시 고치라고 경고했습니다. 그러나 저를 더욱 괴롭게 만든 것은 돈이 없다는 현실과, 점점 많아지고 격렬해지는 운동 조직의 일거리였습니다. 처음에는 장난처럼 시작한 활동이었지만, 이제는 웃으면서 해낼 수 있는 수준을 완전히 넘어섰습니다. 저는 도쿄 중심부 여러 학교의 마르크스주의 학생 행동조직 총책임자로 지명되어 여기저기를 뛰어다니며 연락을 유지해야 했습니다. 우비 주머니에는 무장봉기를 대비해 샀던 작은 칼 하나를 넣고 다녔는데, 돌이켜보면 연필 하나 제대로 깎지 못할 정도로 날이 약한 칼이었습니다.

가장 간절한 바람은 술에 절어 깊은 잠에 빠져드는 것이었지만, 술을 살 돈조차 없었습니다. 당에서는 끊임없이 일거리를 맡겼고, 저는 숨 돌릴 틈도 없이 쫓기듯 뛰어다녀야 했습니다. 병약한 몸으로는 감당할 수 없는 활동량이었습니다. 애초에 제가 이 운동에 가담한 이유는 그것이 가진 비이성적인 매력 때문이었고, 이렇게까지 깊이 휘말리게 될 줄은 상상조차 못 했습니다. 속으로는 이건 내 일이 아니니 정식 당원을 쓰라고 말하고 싶은 심정이었습니다. 짜증스러운 감정을 억누르지 못하고, 저는 결국 도망쳤습니다. 도망쳤지만 그로 인해 기쁨은 없었습니다. 저는 결심했습니다. 죽기로.

그 시기 제게 호의를 보이던 여자가 세 명 있었습니다. 그중 한 명은 하숙집 주인의 딸이었습니다. 저는 운동 조직의 심부름으로 녹초가 되어, 밥도 거른 채 그대로 침대에 쓰러지는 일이 잦았는데, 그럴 때마다 그녀는 늘 손에 편지지와 만년필을 들고 제 방에 찾아왔습니다. "실례해요. 아래층이 여동생이랑 남동생 때문에 너무 시끄러워서 편지를 쓸 수가 없어요." 그녀는 조용히 제 책상에 앉아 편지를 쓰기 시작했고, 길게는 한 시간 넘게 글을 쓰기도 했습니다.

제가 아무 말 없이 자는 척만 했더라도 훨씬 간단했을 텐데, 그녀의 표정은 누가 봐도 대화를 원하고 있었습니다. 저는 한마디도 하고 싶지 않았지만, 평소처럼 '수동적인 봉사 정신'을 발휘해 굼뜬 신음소리와 함께 배를 깔고 돌아눕고는 담배를 피우며 말문을 열었습니다.

"어떤 남자들은 여자한테 받은 연애편지를 태워서 목욕물 데운다고 하더군요."

"정말 끔찍해요! 그거 요조 씨 당신 얘기죠?"

"그런 식으로 우유를 데워 마신 적은 있어요."

"그 여자, 영광이었겠네요. 다음엔 이걸로 데워보세요."

제발 빨리 가줬으면. 편지라니, 투명한 핑계일 뿐이었습니다. 알파벳이나 요일, 달 이름 같은 걸 끄적이고 있었겠죠.

"뭘 썼는지 보여줘요." 저는 이렇게 말했지만 사실 보고 싶지 않았습니다.

"안 돼요, 안 보여줄 거예요. 정말 못됐어요."

그녀의 기쁨은 지나치게 노골적이었고, 그 때문에 애정은 싸늘히 식었습니다. 저는 얼른 어떤 심부름을 떠올렸습니다.

"미안하지만, 약국에 가서 수면제 좀 사다줄래요? 너무 피곤해서 얼굴이 화끈거려서 잠을 못 자겠어요. 미안해요. 돈은….."

"괜찮아요. 돈 걱정은 하지 마세요."

그녀는 기쁜 얼굴로 일어섰습니다. 저는 알고 있었습니다. 여자는 심부름 부탁을 절대 귀찮아하지 않으며, 오히려 남자가 자신에게 어떤 부탁이라도 해주는 걸 기뻐한다는 것을.

두 번째로 저에게 관심을 보인 여자는 '동지'였습니다. 사범학교에 다니는 학생이었죠. 운동 관련 업무 때문에 매일 그녀를 봐야 했습니다. 고역이었지만 어쩔 수 없었습니다. 일과가 끝나고도 그녀는 끝까지 저를 따라다녔고, 이따금 불쑥 선물을 사와서는 "나를 친누나라고 생각해."라는 말을 덧붙이곤 했습니다.

그녀의 과장된 말투에 저는 인상을 찌푸리며 "그렇게 생각하고 있어요."라고 대답했고, 억지로 슬픈 미소를 지었습니다. 그녀를 화나게 할까 두려웠고, 어떻게든 시간을 끌고 그녀의 마음을 달래는 것이 제 유일한 생각이었습니다. 그렇게 해서 저는 점점 더 그 못생기고 불쾌한 여자에게 끌려 다니게 되었습니다.

그녀가 사주는 선물을 받아주었고(예외 없이 모두 끔찍할 정도로 촌스러웠기에 대부분은 우체국 직원이나 식료품점 배달원에게 넘겨버리곤 했습니다), 함께 있을 때는 즐거운 척하며 웃기 위해 익숙한 농담을 늘어놓았습니다. 어느 여름 저녁, 그녀는 좀처럼 저를 놓아주지 않았습니다. 어두운 골목길에 이르자 저는 그녀를 돌려보낼 수 있을까 하는 희망에서 가볍게 키스를 했습니다. 그러자 그녀는 자제하지 못할 정도로, 부끄러울 만큼 흥분해버렸습니다. 그녀는 택시를 불러 저를 태우고는, 운동 조직이 비밀리에 빌려 쓰고 있던 사무실 건물의 작은 방으로 저를 데려갔습니다. 우리는 그곳에서 밤새 격렬하게 뒤엉켰습니다. 참 기가 막힌 누나라는 생각을 하며 저는 쓸쓸하게 웃었습니다.

그 당시 저는 하숙집 주인의 딸이나 '동지'인 그 여자와의 관계를 피할 방법이 전혀 없었습니다. 매일같이 마주쳤고, 예전처럼 다른 여자들을 피해 다니던 방식은 통하지 않았습니다. 어느새 저는 자신감 없는 제 본성 탓에, 필사적으로 두 사람에게 잘 보이려 애쓰고 있었습니다. 마치 오랜 옛날부터 빚을 진 사람처럼 말이죠.

바로 그 시기에, 저는 뜻밖에도 긴자의 한 대형 카페에서 일하는 여급에게도 친절을 받게 되었습니다. 단 한 번의 만남으로도 그녀의 호의에 너무도 감사한 나머지, 근심과 불안에 마비되어 버렸습니다. 이 무렵 저는 홀로 전차를 타거나, 가부키 극장이나 카페에 혼자 가는 척하는 정도의 배짱을 흉내 낼 수 있게 되었지만, 속으로는 여전히 인간의 거만함과 폭력성에 대한 의심을 떨치지 못했습니다. 다만, 겉으로는 사람을 만날 때 정색하는 '기술'을 조금씩 익힌 셈이었습니다. 아니, 사실을 말하자면 저는 단 한 번도 진심 어린 정색으로 누구를 마주한 적이 없습니다. 항상 괴로운 웃음과, 패배자의 광대 연기를 함께 내보였을 뿐이죠. 제가 익힌 것은 겨우, 어지러운 정신 속에서도 적당히 건네는 시시한 인사말 정도였습니다. 이런 능력이 생긴 이유가 운동 때문인지, 여자들 때문인지, 술 때문인지. 아마 무엇보다도, 늘 돈에 쪼들린 생활이 저를 그렇게 훈련시켰을 겁니다.

저는 어디에 있든 늘 불안했습니다. 이 끝없는 두려움에서 잠시라도 벗어날 수 있는 최선의 방법은, 취객이나 여급이나 웨이터들 사이에서 부딪히며 살아가는 대형 카페 같은 곳에 몸을 맡기는 것 아닐까 하는 생각이 들었습니다. 그런 생각 끝에, 어느 날 저는 혼자서 긴자의 한 카페를 찾았습니다. 가진 돈은 겨우 10엔뿐이었습니다. 저는 제 옆에 앉은 여급에게 웃으며 말했습니다.

"지금 가진 돈이 딱 10엔뿐이야. 그러니까⋯."

"걱정 마세요."

그녀는 약간의 간사이 억양이 섞인 말투로 그렇게 말했

습니다. 이상하게도, 그녀의 그 한마디가 제 불안을 가라앉혔습니다. 단순히 돈 걱정을 덜어서 그런 것이 아니었습니다. 그녀 곁에 있다는 것 자체가, 더 이상 걱정할 필요가 없다는 느낌을 주었습니다.

저는 술을 마셨습니다. 그녀는 저를 주눅 들게 하지 않았고, 제가 늘 하던 어릿광대 같은 연기를 해야 할 필요도 느끼지 않았습니다. 저는 말없이 술을 마셨고, 말 없고 침울한 저의 본래 모습도 감추지 않았습니다.

그녀는 이것저것 안주를 제 앞에 놓아주었습니다.

"이거 좋아하세요?"

저는 고개를 저었습니다.

"술만 마시려고요? 저도 한잔할게요."

차가운 가을밤이었습니다. 저는 긴자 뒤편에 있는 스시 노점에서 쓰네코(제 기억이 맞는다면 이런 이름이었던 것 같습니다만 확실하진 않습니다. 저는 자살을 함께 기도했던 여자 이름조차 잊어버릴 수 있는 그런 인간입니다)를 기다리고 있었습니다. 그때 먹었던 스시는 아무런 감흥도 주지 않았습니다. 그녀의 이름은 잊어버렸으면서도, 그 스시가 얼마나 맛없었는지는 왜 이렇게 또렷하게 기억나는 걸까요? 뱀처럼 생긴 얼굴에 머리를 짧게 깎은 노인이 스시를 쥐며 고개를 좌우로 흔들던 모습(마치 진짜 장인인 척 연기를 하듯 말입니다), 그 모습은 지금도 완전히 생생하게 떠오릅니다.

그 이후 전차 안에서 그 노인과 닮은 사람을 두세 번 마

주쳤습니다. 익숙한 얼굴 같아 누구였더라 생각하다가 문
득, 그 스시 노점의 노인이 떠올라 섬뜩했던 기억이 있습니
다. 그녀의 이름도 얼굴도 희미해져 가는 지금, 그 노인의
얼굴은 그림을 그릴 수 있을 정도로 선명히 기억난다는 건,
그 스시가 얼마나 형편없었는지를 입증하는 것 같아 씁쓸
합니다. 참고로 저는 유명한 스시집에 데려가져도 별로 맛
있다고 느껴본 적이 없습니다.

쓰네코는 혼조의 목수 집 2층에 방을 얻어 살고 있었습
니다. 저는 바닥에 누워, 한 손으로 뺨을 괴고 차를 홀짝이
며 마치 심한 치통이라도 있는 듯한 모습으로 앉아 있었습
니다. 평소의 침울한 기색을 숨기려 하지 않았습니다. 이상
하게도, 그녀는 그런 나의 모습을 오히려 좋아하는 듯 보였
습니다. 그녀는 마치 한겨울 폭풍 한가운데서 홀로 고립된
사람처럼 느껴졌습니다. 그 주위를 휘몰아치는 바람 속에
선 죽은 나뭇잎들만이 미친 듯이 휘날릴 뿐이었습니다.

우리가 함께 누워 있을 때, 그녀는 나보다 두 살 많고 히
로시마 출신이라고 말했습니다.

"나 사실 남편 있어요. 히로시마에서 이발소를 하다가,
작년 말에 둘이서 도쿄로 도망쳤어요. 그런데 남편이 도쿄
에서 제대로 된 일을 못 구하더니 결국 사기로 잡혀서 지금
감옥에 있어요. 나 매일 면회 갔는데, 내일부터는 안 갈 거
예요."

그녀는 쉴 새 없이 이야기를 이어갔지만, 저는 예전부터

여자들이 자기 이야기를 할 때 흥미를 느껴본 적이 없었습니다. 아마도 여자들이 이야기를 할 줄 몰라서인지, 강조해야 할 부분을 엉뚱하게 짚는 것 같기도 하고, 다른 이유 때문일 수도 있습니다. 어쨌든 저는 언제나 그런 이야기에 귀 기울이지 않았습니다.

외로워.

그녀가 조용히 속삭였던 단 한 마디가, 어떤 여자의 긴 설명이나 고된 인생 이야기를 듣는 것보다도 제 동정을 불러일으켰다는 사실이 저 자신조차 놀랍고도 놀라웠습니다. 지금까지 단 한 번도 어떤 여자도 "외로워."라고 명확히 말하는 것을 들어본 적이 없다는 사실이 신기할 따름이었습니다. 이 여자는 그런 말을 직접 입에 올리진 않았지만, 그녀의 온몸을 통해 너비 한 치쯤 되는 고요한 불행의 흐름이 스며 나왔습니다. 제가 그녀와 함께 누워 있을 때, 그 불행의 흐름은 저의 더 거칠고 어두운 절망의 흐름과 섞이며 제 몸을 감쌌고, 저는 마치 '말라붙은 나뭇잎 하나가 연못 바닥의 자갈 위에 가라앉는' 것 같은 두려움과 불안으로부터 해방된 기분이었습니다.

그날 밤은 어리석은 매춘부들의 품 안에서 느꼈던, 단지 잠이 잘 오는 안도감과는 전혀 다른 것이었습니다(무엇보다도 그 매춘부들은 명랑했습니다). 범죄자의 아내와 함께한 그 밤은 저에게 해방과 행복의 밤이었습니다(이 수기들 속에서 이렇게 단정적으로, 머뭇거림 없이 '행복'이라는 대담한 단어를 사용하는 일은 다시 없을 겁니다).

하지만 그건 단 하룻밤뿐이었습니다. 아침에 눈을 뜨고 자리에서 일어나자마자 저는 다시 얄팍한 가면을 쓴 광대로 돌아가 있었습니다. 약한 자는 행복 자체를 두려워합니다. 그들은 솜에도 베일 수 있습니다. 때로는 행복에조차 상처를 입지요. 저는 상처를 입기 전에, 모든 것이 그대로일 때 서둘러 그녀에게서 떠나고 싶었습니다. 그리고 언제나처럼 광대 짓이라는 연막을 피워 올렸습니다.

"가난이 들어오면 사랑은 창문 밖으로 달아난다는 속담이 있지. 흔히들 그 뜻을 잘못 이해하고 있어. 사람들은 대개 남자의 돈이 떨어지면 여자가 떠난다고 생각하지만 실제로는 돈이 떨어지면 남자는 우울해지고 아무것도 할 수 없게 되지. 웃음에서도 힘이 빠지고, 성격도 이상하게 뒤틀리며, 결국 절망 속에서 여자를 뿌리치게 되는 거야. 즉, 이 속담의 진짜 의미는 '남자가 반쯤 미쳐서 여자와의 인연을 떨쳐내게 된다'는 거지. 『가네자와 대사전』에 보면 그 설명이 나온다니까. 안타깝지만, 사실 나도 그런 기분을 이해 못 할 건 아닌걸."

저는 쓰네코를 그런 바보 같은 말로 웃게 했던 기억이 납니다. 그날 아침 저는 얼굴도 씻지 않고 서둘러 자리를 뜨려고 했습니다. 더 머물러봐야 소용도 없고 위험하기만 하다고 확신했기 때문이죠. 그러다 그 '사랑은 창문 밖으로 달아난다'는 미친 이론을 꺼냈는데, 그 말이 훗날 뜻밖의 복잡한 일의 씨앗이 될 줄은 꿈에도 몰랐습니다.

한 달 동안 저는 그날 밤의 은인이었던 그녀, 쓰네코를 다시 만나지 않았습니다. 그녀를 떠난 이후로는 하루하루 행복의 감각이 점점 희미해졌습니다. 잠시라도 누군가의 친절을 받아들였다는 사실이 저를 두렵게 만들었습니다. 그 친절이 마치 끔찍한 굴레가 되어 저를 옥죄는 듯한 기분이었습니다. 점점 그녀가 카페에서 계산까지 대신해줬다는, 아주 일상적인 사실마저도 저를 무겁게 짓눌렀고, 저는 쓰네코마저 하숙집 여주인의 딸이나 사범학교 여학생처럼 위협적인 여자로 느끼게 되었습니다.

그녀와의 거리가 멀어졌음에도 불구하고, 쓰네코는 끊임없이 저를 위축되게 만들었습니다. 게다가 저는 한 번 동침한 여자를 다시 만나게 되면, 이유도 모른 채 갑자기 분노가 치솟을까 봐 견딜 수 없을 정도로 두려웠습니다. 저는 원래 사람을 만나는 데 아주 소심한 성격이었고, 결국 긴자에 얼씬도 하지 않는 쪽을 택했습니다. 이런 제 성격은 결코 연기가 아니었습니다.

여자들은 잠자리에서 한 일이 아침 이후의 삶과 전혀 무관하다는 듯 아무렇지 않게 행동합니다. 마치 기억의 단절이 일어난 것처럼 완전히 두 세계를 나눠 살아갑니다. 나로서는 이 기묘한 현상에 아직 익숙해질 수가 없었습니다.

11월 말, 저는 호리키와 함께 칸다의 허름한 술집에서 술을 마셨습니다. 우리가 비틀거리며 그 술집을 나서자마자 그 악한 친구는 어딘가 다른 곳으로 가서 술을 더 마시자고 고집을 부리기 시작했습니다. 이미 돈은 다 써버린 상태였지만 그는 계속해서 저를 들볶았습니다.

결국 저는 말했습니다(이건 제가 평소보다 더 취했고 더 대담해져서 한 짓입니다).

"좋아. 꿈의 나라로 데려가주지. 뭘 보더라도 놀라지 마. 주지육림이라는…"

"카페를 말하는 거야?"

"맞아."

"그럼 가자!"

정말 그렇게 단순하게 일이 벌어졌습니다. 우리는 둘이서 전차에 올라탔고, 호리키는 기분이 한껏 들떠서 말했다.

"오늘 밤은 정말 여자가 고팠어. 여급한테 키스해도 되는 거야?"

저는 호리키가 그렇게 술에 취해 추태를 부릴 때가 썩 마음에 들지 않았습니다. 호리키도 그 사실을 알고 있었고, 일부러 그 점을 과장해서 행동했습니다.

"괜찮지? 나 키스할 거야. 내 옆에 앉는 여급이 누구든 키스할 거야. 괜찮지?"

"마음대로 해."

"고마워! 나 지금 여자가 너무 고프거든."

우리는 긴자에서 전차를 내려 주지육림이라는 큰 카페로 들어갔습니다. 제 주머니엔 사실상 한 푼도 없었고, 마지막 희망은 쓰네코뿐이었습니다. 호리키와 저는 마주 보며 빈 부스에 앉았습니다. 곧 쓰네코와 또 다른 여급이 다가왔습니다. 다른 여자가 제 옆에 앉았고, 쓰네코는 호리키 옆에 툭 앉아버렸습니다. 저는 순간 당황했습니다. 쓰네코가 몇 분 안에 키스를 당할 참이었으니까요.

그러고도 저는 그녀를 잃은 것이 안타깝다거나, 후회스럽다는 감정은 느끼지 않았습니다. 저는 본래 어떤 것도 소유하려는 욕망이 없는 사람입니다. 어쩌다 한 번씩 뭔가를 잃은 데 대해 막연한 아쉬움을 느끼는 경우는 있어도, 그것이 소유권을 주장하거나 남들과 다툴 만큼 강한 감정으로 발전한 적은 없습니다. 나라는 인간은, 훗날 심지어 제 아내가 다른 남자에게 능욕당하는 장면을 목격하면서도 조용히 지켜보았던 적이 있을 만큼 그런 존재였습니다.

저는 가능한 한 인간이 만들어내는 음울하고 복잡한 감정의 소용돌이에 휘말리는 것을 피하고자 했습니다. 거기에 한번 빨려 들어가면 끝없이 깊은 나락으로 끌려갈 것 같아서 두려웠습니다. 쓰네코와 저는 단 하룻밤 사랑을 나눈 사이였습니다. 그녀는 제 것이 아니었습니다. 제가 '상실의 슬픔'이라는 오만한 감정을 가장할 일도 없었습니다. 그런데도 저는 충격을 받았습니다. 그 순간 저는 쓰네코가 불쌍하다고 느꼈습니다. 호리키의 난폭한 키스를 받아야만 하는 그녀를 바라보며, 저도 모르게 가슴이 저려왔습니다. 그녀가 호리키에게 더럽혀진 뒤에는, 이제 저와는 끝이라는 생각이 들었습니다. 하지만 그렇다고 해서 그녀를 지키려는 열정이 제 안에 있었던 것도 아닙니다. 단지 잠깐 충격을 받았고, 곧바로 순순히, 아무 힘도 없이 체념해버렸습니다. 저는 호리키와 쓰네코를 번갈아 쳐다보며 씁쓸하게 웃고 말았습니다.

그러나 상황은 전혀 예상하지 못한 방향으로, 그것도 훨씬 더 비참하게 흘러갔습니다.

"됐어." 호리키가 얼굴을 찌푸리며 말했다. "내가 아무리 여자를 밝혀도 저렇게 가난해 보이는 여자는 도저히 키스할 수 없어."

그 말은 칼처럼 쓰네코를 베었고, 저에게도 깊은 수치를 안겨주었습니다. 그의 저속한 판단이 그녀의 존재 자체를 무시하는 것 같았기 때문이었습니다.

그는 팔짱을 낀 채, 마치 넌더리가 난 사람처럼 쓰네코를 바라보았습니다. 억지로 웃음을 지어 보였습니다.

"술 좀. 돈은 없어." 저는 쓰네코에게 속삭이듯 말했습니다. 술에 빠져 죽을 때까지 마시고 싶다는 생각이 들었습니다. 쓰네코는 세상의 눈에 비치기엔 주정뱅이의 키스조차 받을 자격도 없는, 가난의 냄새가 저는 비참한 여인이었습니다. 놀랍고도 믿기 어려운 일이었지만, 이 사실이 저에게는 천둥처럼 충격적으로 다가왔습니다.

그날 밤 저는 인생에서 가장 많은 술을 마셨습니다. 더 마시고, 또 마시고…. 술에 취해 눈앞이 아찔해졌고, 쓰네코와 눈이 마주칠 때마다 우리는 서글픈 미소를 주고받았습니다. 그래요, 호리키가 말했던 대로 그녀는 정말 피곤하고 가난에 찌든 여자일 뿐이었습니다. 하지만 바로 그 생각과 함께, 같은 가난을 겪는 동지에 대한 연민 같은 것이 가슴 깊은 곳에서 솟구쳤습니다(부자와 빈자의 갈등이란 흔한 주제지만, 저는 지금 그것이 정말로 영원한 드라마의 주제 중 하나라고 확신하게 되었습니다).

저는 쓰네코가 안쓰러웠고, 제 생애 처음으로 미약하나마 사랑이라고 부를 수 있는 감정이 마음속에서 일어나는 것을 느꼈습니다. 저는 토했고, 정신을 잃었습니다. 이것 또한 제가 술에 취해 의식을 잃은 첫 번째 경험이었습니다.

제가 눈을 떴을 때, 쓰네코는 제 머리맡에 앉아 있었습니다. 저는 그 목수 집 2층에 있는 그녀의 방에서 자고 있었던 것이었습니다.

"가난이 문으로 들어오면 사랑은 창문으로 날아간다고 말했을 때 농담인 줄 알았어요. 진심이었나요? 그 후로는 안 오셨잖아요. 사랑이니 가난이니, 참 복잡한 일이네요. 제가 일해서 벌어다 드리면 안 될까요?"

"안 돼요."

그녀는 제 옆에 누웠습니다. 동틀 무렵, 그녀는 처음으로 '죽음'이라는 단어를 입에 올렸습니다. 그녀 역시 인간이라는 존재로 살아가는 일에 지칠 대로 지쳐 있었던 듯했습니다. 저 역시 세상에 대한 공포와 번거로움, 돈 문제, 운동, 여자들, 학업 등을 생각하며 도저히 더는 살아갈 수 없을 것 같다는 생각이 들었습니다. 그래서 저는 그녀의 제안에 아무런 저항 없이 동의했습니다.

그럼에도 저는 이 죽음에 대한 결심이 실제라는 사실을 완전히 납득하지 못했습니다. 어딘가 연극 같은 요소가 숨어 있었던 것입니다.

그날 아침 우리는 아사쿠사의 롯쿠 거리를 떠돌아다녔습니다. 우리는 한 간이 음식점에 들어가 우유 한 잔을 마셨습니다.

그녀가 말했습니다.

"이번에는 당신이 계산하세요."

저는 일어서서 지갑을 꺼내 열었습니다. 세 개의 동전만이 들어 있었습니다. 그 순간 저를 덮친 감정은 수치심보다는 공포에 가까웠습니다. 갑자기 제 하숙방이 눈앞에 떠올랐습니다. 교복과 이불 말고는 아무것도 없는, 전당포에 맡길 만한 물건이라고는 하나도 없는 그 황량한 방. 지금 입고 있는 기모노와 외투 외에는 가진 게 아무것도 없었습니다. 이것이 제가 처한 냉혹한 현실이었습니다. 저는 더는 살아갈 수 없다는 것을 또렷하게 깨달았습니다.

제가 망설이며 서 있는 동안, 그녀가 일어나 제 지갑 안을 들여다보았습니다.

"이게 전부예요?"

그녀의 목소리는 천진난만했지만, 제 가슴을 깊숙이 찔

렀습니다. 제가 사랑했던 첫 번째 여자의 목소리였기에 더욱 아프게 다가왔습니다. 그 말에는 제가 가진 것보다 더 많은 돈이 암시되어 있었습니다. 동전 세 개는 돈이라고 할 수도 없는 수준이었으니까요. 그것은 제가 지금껏 겪어본 어떤 굴욕보다도 낯선 것이었고, 차마 안고 살아갈 수 없는 굴욕이었습니다. 저는 아마도 여전히 '부잣집 도련님'이라는 역할에서 벗어나지 못하고 있었던 것 같습니다. 바로 그때, 저는 이번만큼은 진심으로, 확실히, 죽기로 결심했습니다.

그날 밤 우리는 가마쿠라의 바다에 몸을 던졌습니다. 그녀는 카페에서 친구에게 빌렸다고 말하며 허리띠를 풀어 바위 위에 가지런히 접어두었습니다. 저도 외투를 벗어 같은 자리에 놓았습니다. 우리는 함께 바닷속으로 들어갔습니다.

그녀는 죽고, 저는 살아났습니다.

제가 고등학생이었기 때문인지, 이 사건은 언론에 비교적 크게 다뤄졌습니다. 아버지의 이름도 뉴스 가치가 있었던 모양입니다.

저는 해안가의 한 병원에 격리되었습니다. 친척 한 명이 집에서 찾아와 필요한 수속을 처리해주고 돌아가기 전에 말했습니다. 아버지와 가족 모두 크게 화가 나서 저를 영영 내칠 수도 있다고 말입니다. 그런 일은 제게 아무런 상관도 없었습니다. 저는 오직 죽은 쓰네코를 떠올리며 그녀를 그리워했고, 눈물을 흘렸습니다. 제가 지금껏 만나온 모든 사람 중에서, 그 초라한 쓰네코야말로 제가 진심으로 사랑한 유일한 존재였습니다.

하숙집 딸에게서 온 편지는 무려 50수나 되는 장문의 시였습니다. 그리고 놀랍게도 50수가 모두 '부디 저를 위해 살아주세요'라는 말로 시작되고 있었습니다. 간호사들은 늘 제 병실을 웃음소리로 가득 채웠고, 떠날 때 제 손을 꼭 쥐고 가는 이도 있었습니다.

병원에서는 제 왼쪽 폐에 병이 있다는 사실을 발견했습니다. 이것은 저에게 무척 다행스러운 일이었습니다. 얼마 지나지 않아 저는 병원에서 경찰서로 옮겨졌는데, 자살 방조 혐의로 조사를 받기 위해서였습니다. 그러나 경찰은 저를 범죄자가 아닌 병자 취급을 했고, 일반 범죄자 수용실이 아닌 특별 보호실에 수감시켰습니다.

그날 밤늦게, 옆방에서 야간 근무를 서던 나이 든 경찰관이 조용히 문을 열고 들어왔습니다.

"저기, 추우시겠죠. 이리 와서 난로 옆에 앉으세요."

저는 그의 방으로 가서 의자에 앉아 몸을 따뜻하게 했습니다. 저는 철저히 낙담한 사람인 척 행동했습니다.

"그리우시죠, 그녀가?"

"예." 저는 특별히 나직하고 멀리서 울려오는 듯한 목소리로 대답했습니다.

"그게 인간이란 거겠죠."

그는 점점 더 거드름을 피우기 시작했습니다.

"이 여자하고 처음 엮이게 된 건 어디였죠?"

그 질문은 거의 재판관의 권위를 떠올리게 할 만큼 무게가 실려 있었습니다. 저를 철없는 아이쯤으로 여기며 깔본 그 간수는 마치 자신이 수사를 맡은 사람인 것처럼 행동했습니다. 아마도 그는 속으로는 긴 가을밤을 외설적인 자백으로 달래보려 했던 것이겠지요. 저는 그의 의도를 단박에 간파했고, 그의 얼굴을 향해 터뜨릴 뻔한 웃음을 가까스로 참아냈습니다. 저는 경찰의 이런 '비공식 심문'에 대해 답변을 거부할 권리가 있다는 사실을 알고 있었지만, 지루한 밤에 재미라도 주자는 생각으로, 저는 오히려 진지한 태도로 속을 털어놓는 듯한 연기를 하기로 했습니다. 이 경찰이야말로 수사 책임자이며, 제 형량의 경중은 오직 그에게 달려 있다는 듯한 태도를 취한 겁니다. 저는 그가 기대하던 외설적인 궁금증을 얼추 만족시켜줄 만한, 터무니없는 자백을 만들어냈습니다.

"흠…. 이제 대강 알겠군. 죄수가 모든 걸 솔직하게 말하면 늘 감안해주긴 하지요."

"정말 감사합니다. 부디 저를 도와주시길 바랍니다."

제 연기는 거의 영감이 깃든 수준이었지만, 제게 아무런 이익도 가져다주지 못한 대단한 연기였습니다.

아침이 되자 저는 경찰서장 앞에 불려갔습니다. 이번에는 진짜 심문이었습니다. 문을 열고 그의 사무실에 들어서

자마자 경찰서장은 말했습니다.

"참 잘생긴 청년이구먼! 자네 잘못은 아닌 것 같아. 그렇게 잘생긴 아들을 세상에 낳은 자네 어머니 잘못이지."

그는 아직 젊었고, 피부가 어두운 편이었으며, 어딘가 대학 교육을 받은 듯한 분위기를 풍겼습니다. 그의 말은 저를 방심하게 만들었고, 저는 마치 얼굴 절반에 붉은 반점이 있는 기형아로 태어난 것처럼 비참해졌습니다.

이 다부진 인상의 경찰서장이 진행한 심문은 전날 밤 그 늙은 순경이 집요하고 외설스럽게 했던 '취조'와는 완전히 달랐고, 간단하고도 명확했습니다. 그는 질문을 마친 뒤 지청에 보낼 서류를 작성하면서 말했습니다.

"건강을 그렇게 내버려두면 안 되지. 피를 토했다고 하던데?"

그날 아침 저는 이상하게 기침이 많이 나왔습니다. 기침할 때마다 손수건으로 입을 막았는데 손수건에는 핏방울이 튀어 있었지만, 그것은 목에서 나온 피가 아니었습니다. 전날 밤 귀밑에 난 여드름을 계속 건드리고 있었고, 그 여드름에서 피가 난 것이었습니다.

그러나 그 사실을 굳이 밝히지 않는 것이 저에게 유리하다는 것을 직감하고, 저는 눈을 내리깔고 경건하게 중얼거렸다.

"네, 그렇습니다."

경찰서장은 서류 작성을 마쳤습니다.

"기소 여부는 지청에서 결정하겠지만, 요코하마 지청에 보증인을 전화나 전보로 불러오는 게 좋을 거야. 자네를 보증해주거나 보석을 써줄 사람이 있지 않겠나?"

저는 도쿄에 있는 아버지 집에 자주 드나들던 골동품상이 생각났습니다. 그는 제 고향 사람으로, 제가 학교에 다닐 때 보증인을 맡아주었던 적이 있습니다. 키가 작고 체격이 다부진 마흔 살쯤 된 독신남이었고, 아버지의 하수인이기도 했습니다. 그의 얼굴은 특히 눈 주위가 넙치처럼 생겨서, 아버지는 늘 그를 '넙치'라고 불렀고, 저 역시 늘 마음속으로 그렇게 생각해왔습니다.

저는 경찰서에서 전화번호부를 빌려 넙치의 번호를 찾았습니다. 전화를 걸어 요코하마까지 와줄 수 있겠냐고 물었습니다. 그는 전화를 받자마자 무척 관료적인 태도로 말했지만, 결국은 제 보증을 서주는 데 동의했습니다.

저는 다시 유치장으로 돌아갔습니다. 경찰서장의 큰 목소리가 들렸습니다.

"야, 누가 저 전화기 좀 소독해라. 피를 토하더라고."

오후가 되자 그들은 저를 가느다란 삼끈으로 묶었습니다. 밖에 나갈 때는 외투 안에 줄을 숨길 수 있었지만, 젊은 순경은 줄 끝을 단단히 쥐고 있었습니다. 우리는 전차를 타고 요코하마로 향했습니다.

그 경험은 저를 전혀 동요시키지 않았습니다. 저는 오히려 경찰서 유치장과 그 늙은 순경이 그리웠습니다. 저는 대체 왜 이렇게 된 걸까요? 범인처럼 묶였을 때조차 오히려 안도감을 느꼈습니다. 차분하고 느긋한 기분이었습니다. 지금도 그 시절을 회상하며 이렇게 글을 쓰고 있노라면 마음이 푸근하고 유쾌하기까지 합니다.

하지만 그런 회상 중에서도, 저를 식은땀 나게 하는 끔찍한 사건이 하나 있습니다. 저는 어둡고 조용한 지청의 사무실에서 짧은 심문을 받았습니다. 검사로 보이는 남자는 마흔쯤 되어 보였고, 지적인 침착함 속에 일종의 '정직한 인상'이 배어 있었습니다(저 자신의 '잘생긴 얼굴'이라 일컬어지는 것이 진짜라고 해도, 거기에는 분명히 음탕함이 섞여 있으니 말입니다). 그는 너무나도 순박하고 정직해 보여서 저는 완전히 경계를 풀었습니다.

저는 무기력하게 이야기를 이어가고 있었고, 그때 갑자기 기침이 나왔습니다. 손수건을 꺼내 입을 가렸고, 피 얼룩이 눈에 들어왔습니다. 그 순간 저는 비열한 기회주의자처럼, 이 기침도 이용할 수 있겠다는 생각이 들었습니다. 몇 차례 일부러 더 기침을 덧붙인 후, 여전히 손수건으로 입을 가린 채로 검사의 얼굴을 힐끗 쳐다보았습니다.

다음 순간, 그는 조용히 웃으며 이렇게 말했습니다.

"그거, 진짜입니까?"

지금도 그때를 떠올리면 부끄러워서 가만히 앉아 있을 수가 없습니다. 고등학교 시절, 멍청한 다케이치가 제 등을 툭 치며 "일부러 그런 거지?"라고 말했을 때, 그 바람에 지옥으로 떨어졌던 기억보다도 더 참혹했습니다. 그 두 가지가 제 연기 인생에서의 두 대재앙이었습니다. 저는 차라리 징역 10년형을 받는 편이 나았을 거라고 생각하기도 했습니다. 검사에게서 그런 부드러운 멸시를 받은 것은 도저히 견딜 수 없는 일이었습니다.

혐의는 기소유예로 처리되었지만, 전혀 기쁘지 않았습니다. 저는 지방검찰청 복도 벤치에 앉아 보증인인 넙치가 도착하기를 기다리며 참담한 심정이었습니다. 제가 앉은 벤치 뒤의 커다란 창문 너머로는 저녁노을이 물든 하늘이 보였고, 갈매기 떼가 줄지어 날아가고 있었습니다. 그 날아가는 곡선이 어딘가 여인의 몸매를 닮아 있는 듯했습니다.

세 번째 수기

1

　다케이치의 예언 가운데 하나는 적중했고, 다른 하나는 빗나갔습니다. 불명예스러운 예언(여자들이 저에게 빠질 거라는 말)은 정확히 들어맞았지만, 기쁜 예언(제가 반드시 위대한 예술가가 될 거라는 말)은 실현되지 않았습니다.

　저는 결국 이름 없는 삼류 만화가에 불과하게 되었고, 값싼 잡지사에서 일했습니다.

　가마쿠라 사건으로 인해 대학에서는 퇴학당했고, 저는 넙치의 집 2층의 작은 방에서 지내게 되었습니다. 집에서는 매달 소액의 생활비를 보냈는데, 그것도 직접 저에게 주는 것이 아니라 넙치에게 몰래 전달되었습니다(이 돈은 아버지 몰래 형제들이 보낸 것으로 보였습니다). 그것이 전부였고, 가족과의 다른 모든 관계는 끊어졌습니다.

넙치는 항상 불쾌한 얼굴을 하고 있었고, 제가 비위를 맞추려고 웃어도 결코 웃음으로 받아주지 않았습니다. 그의 그 놀라운 변화를 보면서 저는 인간이란 얼마나 경멸스러운, 아니, 차라리 얼마나 우스꽝스러운 존재인가, 손바닥 뒤집듯 그렇게 간단히 변모할 수 있다니, 하는 생각이 들었습니다.

넙치는 마치 제가 자살이라도 할까 봐 계속 감시하는 듯한 눈치였습니다. 아마 그 여자를 따라 바다에 몸을 던질지도 모른다고 생각했던 것 같습니다. 그는 단호히 제가 집 밖으로 나가는 것을 금지했습니다. 술도 담배도 금지된 상태에서, 저는 아침에 눈을 뜬 순간부터 잠자리에 들 때까지 좁은 제 방에 갇혀, 오래된 잡지만 들춰보며 하루를 보내곤 했습니다. 반쯤 정신이 나간 사람처럼 살았고, 심지어 자살 생각조차 할 기운조차 잃어버린 상태였습니다.

넙치의 집은 오오쿠보 의대 근처에 있었고, '청룡원'이라 큼직하게 써 있는 간판만이 그 집의 유일하게 번듯한 점이었습니다. 가게는 좁고 긴 구조였고, 안은 먼지가 쌓인 쓸모없는 골동품들로 빼곡했습니다(물론 넙치는 가게의 잡동사니만 팔아 먹고사는 게 아니라, 소위 이 댁 높은 분의 비장의 물건을 저 댁 높은 분께 양도하는 일로 활약하며 돈을 벌었습니다). 넙치는 거의 가게에 있지 않았습니다. 보통 아침 일찍 인상을 잔뜩 찌푸린 채 허둥지둥 외출했고, 가게는 열일곱

살 정도 된 소년에게 맡겨두었습니다. 그 소년은 한가할 때면 근처 동네 아이들과 캐치볼을 하며 시간을 보내곤 했습니다. 그는 2층에 사는 기생충 같은 저를 반쯤 얼빠진 놈, 아니면 아예 미친 사람 정도로 생각하는 듯했습니다. 저에게 가끔은 윗사람처럼 훈계조로 말하기도 했고, 저는 누구와도 맞서 논쟁해본 적이 없는 성격이라 그냥 말없이 피곤하지만 존경하는 표정을 지으며 그의 말을 들었습니다.

예전에 고향 집에서 들은 소문에 따르면, 이 소년이 넙치의 사생아라는 얘기도 있었습니다. 둘이 서로를 부자지간이라 부르지도 않았고, 넙치가 평생 독신으로 지낸 이유도 어쩌면 여기에 있었을지도 모릅니다. 하지만 저는 본래 타인에 대해 큰 관심을 갖지 못하는 성격이라, 들은 것 이상의 건 아무것도 모릅니다. 다만 그 소년의 눈동자에도 어딘가 이상하게 물고기 같은 기운이 감돌았고, 그 소문이 사실일지도 모르겠다는 생각이 들긴 했습니다. 만약 그것이 사실이라면, 이 부자는 정말로 음울하고 쓸쓸한 삶을 살아가고 있었습니다. 때때로 깊은 밤이 되면, 둘이서만 근처 가게에서 국수를 시켜 조용히 먹곤 했습니다. 저를 부르지도 않았고, 식사 중에도 단 한마디 말도 나누지 않았습니다.

소년은 거의 항상 넙치 집의 음식을 준비했고, 하루 세 번씩 2층에 사는 기생충 같은 저를 위해 따로 쟁반에 식사를 실어 나르곤 했습니다. 넙치와 그 소년은 계단 아래의 축축한 작은 방에서 식사를 했으며, 너무 급하게 먹어서 접시 부딪히는 소리가 위층까지 들려올 정도였습니다.

3월 말쯤 어느 저녁, 넙치는 뜻밖에 돈을 벌 기회가 생겼는지, 아니면 무슨 다른 속셈이 있었는지(비록 이 두 가지 가정을 모두 받아들인다 해도, 그 외에도 제가 짐작할 수 없는 수많은 이유가 있었을 것 같습니다) 저를 아래층으로 초대해 좀처럼 보기 드문 사케까지 곁들여진 저녁 식사를 함께했습니다. 주인은 보기 드물게 정성스러운 참치회에 스스로 감탄하며, 그 감탄의 기세를 타서 무기력한 저에게도 사케를 한 잔 권했습니다.

"앞으로 뭘 할 생각인가?"

저는 아무 대답도 하지 않고, 식탁 위 접시에 있던 마른 정어리를 젓가락으로 집어 들었습니다. 그리고 그 작은 물고기들의 은빛 눈동자를 들여다보며, 희미하게 술기운이 올라오는 것을 느꼈습니다. 그 순간 갑자기 예전에 술집들을 전전하며 마시던 시절이 그리워졌고, 심지어 호리키까지도 그리워졌습니다. 저는 '자유'라는 것에 대한 갈망이 너무나도 절절해서 나약해지고 눈물이 핑 돌 정도였습니다.

이 집에 온 이후로는 광대처럼 행동할 의욕조차 없었고, 그저 넙치와 소년의 경멸 어린 시선을 받으며 쓰러진 듯이 지낼 뿐이었습니다. 넙치 역시 긴 대화를 나눌 마음이 없어 보였고, 저 역시 그에게 투덜거리며 매달릴 마음이 전혀 생기지 않았습니다.

"현재로서는 네게 내려진 집행유예가 전과로 남거나 그

런 일은 없을 것 같더군. 그러니까 말이지, 네가 갱생할 수 있을지는 전적으로 너 자신에게 달려 있는 거야. 만약 정말 마음을 고쳐먹고, 진지하게 저에게 고민을 이야기한다면, 나도 도울 수 있는 만큼은 도와줄 생각이다."

넙치의 말투(아니, 넙치뿐 아니라 세상 모든 사람들의 말투는) 이상할 정도로 복잡한 여운과 모호함을 가지고 있어서 늘 저를 혼란스럽게 했습니다. 너무 조심스러워서 오히려 아무 쓸모도 없는 그런 방식, 그리고 그에 딸려오는 무척이나 짜증스러운 속셈들. 저는 결국 그 모든 것에 신경 쓰는 것을 그만두게 되었고, 광대 짓으로 웃어넘기거나, 패배를 인정하는 듯 조용히 고개를 끄덕이며 그저 굴복했을 뿐이었습니다.

후에야 저는 깨달았습니다. 그때 넙치가 사실을 있는 그대로 간단히 말해주기만 했더라도, 불쾌한 일은 일어나지 않았을 거라는 것을 말이지요. 그러나 그 불필요한 조심성, 아니, 이 세상의 사람들 모두가 지닌 이해할 수 없는 허영심과 체면치레 덕분에, 저는 정말이지 끔찍한 일련의 경험들을 겪게 되었습니다.

넙치가 단지 제게 이렇게만 말해줬더라면 얼마나 좋았을까요.

"4월 학기부터 학교에 들어갔으면 좋겠어. 네가 학교에 입학하면, 가족에서 생활비를 좀 더 넉넉하게 보내주기로 했단다."

저는 그 말이 사실이었다는 걸 나중에야 알게 되었습니다. 만약 그때 넙치가 그 사실을 분명하게 말해주었다면, 저는 아마 그가 제안한 대로 했을지도 모릅니다. 그러나 그의 지나치게 조심스럽고 돌려 말하는 태도 때문에 저는 짜증만 느꼈고, 그로 인해 제 인생의 흐름 전체가 바뀌게 되었습니다.

"네가 마음을 터놓고 얘기할 생각이 없다면, 나도 더 이상 해줄 수 있는 게 없어."

"무슨 얘기를 하라는 거예요?" 저는 정말로 그가 무엇을 말하려는 건지 알 수 없었습니다.

"가슴에 걸리는 게 있지 않나?"

"예를 들면요?"

"예를 들면이라니! 네가 지금 정말 하고 싶은 일이 뭐냐는 말이야."

"취직이라도 할까요?"

"아니, 나한테 묻지 말고, 네가 진심으로 원하는 게 뭔지를 말해봐."

"예를 들어, 학교에 다시 간다고 해도….'

"그래, 돈이 들겠지. 하지만 지금 중요한 건 돈이 아니야. 너 자신의 마음이야."

도대체 왜, 그는 집에서 돈이 나올 거라는 단순한 사실 하나를 말해주지 않았던 걸까요? 그 한마디만 있었어도 제 마음은 정리되었을지도 모릅니다. 하지만 저는 끝내 안개 속에 남겨졌습니다.

"어때? 장래 희망 같은 게 있니? 남을 도와주는 일이 얼마나 어려운 일인지 도와주는 사람의 입장에서 이해받기란 참 힘든 일이야."

"죄송합니다."

"정말 너 걱정돼. 지금은 내가 너를 책임지고 있는 입장인데, 네가 그렇게 어정쩡한 태도를 보이는 게 마음에 걸려. 새 출발을 결심했다는 걸 내게 보여줬으면 해. 예를 들어 장래에 대한 계획을 진지하게 상담하러 온다면, 내가 도와줄 수 있는 한은 도와주려고 해. 하지만 물론, 예전처럼 호사스럽게 살 수 있다는 착각은 하지 마. 이 늙은이가 줄 수 있는 도움으론 무리니까. 아니, 하지만 네가 새 출발에 대한 결심을 확실히 하고 미래를 위한 구체적인 계획을 세운다면, 나도 네 갱생을 도와줄 마음이 생길 것 같아. 내 마음을 이해하겠니? 앞으로 어떻게 할 생각이니?"

"이 집에 있게 해주시지 않겠다면⋯. 일하겠습니다."

"진심이니? 요즘엔 도쿄제국대학 졸업생도 일자리를 못 구하는 세상이라는 걸 알고는 있고?"

"아니요, 회사에 취직할 생각은 없었어요."

"그럼 뭘 하려고?"

"화가가 되고 싶어요." 저는 확신을 가지고 말했습니다.

"뭐?"

넙치가 제 말을 비웃으며 목을 움츠린 채 웃을 때, 그의 얼굴에 스쳐간 말로 표현할 수 없는 교활한 그림자를 저는 결코 잊을 수 없습니다. 그것은 경멸과 비슷했지만, 분명히 다른 무언가였습니다. 만약 세상이 바다처럼 천길만길이나 되는 깊이를 가지고 있다면, 그 깊은 바닥 어딘가를 이따금 스치며 떠도는 괴이한 그림자, 딱 그런 것이었습니다. 그의 웃음은 제가 어른들의 삶이 가진 극한의 밑바닥을 슬며시 들여다보게 해주었습니다.

그런 얘기는 이제 그만둬라, 뜬구름 잡는 소리만 한다, 오늘 하루 동안 진지하게 생각해봐라, 하는 말을 듣고 저는 무언가에 쫓기듯 2층 방으로 올라갔지만, 이불 속에 누워도 아무 건설적인 생각은 떠오르지 않았습니다. 다음 날 새벽, 저는 넙치의 집에서 도망쳤습니다.

오늘 밤엔 반드시 돌아오겠습니다. 아래 주소에 사는 친구와 장래에 대해 상의하러 갑니다. 걱정하지 마세요. 거짓말 아닙니다.

저는 연필로 커다랗게, 필기장에 쓴 메모만을 남겼습니다. 저는 호리키의 이름과 주소를 적고, 몰래 집을 빠져나왔습니다.

제가 도망친 건 넙치에게 훈계받은 것이 치욕스러워서가 아니었습니다. 넙치의 말대로, 제 감정은 그저 허공에 둥둥 떠 있었고, 저는 장래 계획이건 뭐건 전혀 생각해 둔 것이 없었습니다. 게다가 제가 넙치에게 짐이 되고 있다는 생각에 어느 정도 미안한 마음도 있었고, 아주 가끔이라도 뭔가 제대로 해보려는 마음이 들게 된다면, 그 자본을 매달 그 늙은 넙치에게서 조금씩 타서 쓴다는 사실은 정말 참기 어려운 일이었습니다.

제가 넙치의 집을 나섰을 때, 사실 호리키 같은 사람에게 제 장래 계획을 상담할 생각은 전혀 없었습니다. 저는 단지 넙치의 불안을 아주 잠깐이라도, 찰나의 순간만이라도 달래고 싶어서 쪽지를 남겼을 뿐입니다(물론 쪽지를 쓴 이유가 마치 추리소설 속 주인공처럼 도망칠 시간을 벌기 위한 전략이 아니라고는 할 수 없지만, 적어도 제 마음속에서는 넙치가 갑작스러운 충격에 빠져서 당황하고 경악하는 사태를 피하고 싶다는 마음이 좀 더 컸던 듯합니다). 사실이 곧 드러날 거라는 것도 알고 있었지만, 저는 그 사실을 그대로 쓰는 것이 두려웠습니다. 저의 비극적인 약점 중 하나는, 모든 상황에 무언가 꾸밈을 덧붙이지 않고는 견딜 수 없다는 점입니다. 그래서 저는 때때로 '거짓말쟁이'라는 말을 듣기도 했지만, 그 꾸밈이 저 자신에게 유리하게 작용한 경우는 거의 없었습니다. 오히려 저는 대화의 흐름이 멈추는 순간 발생할 그 파괴적인 공기의 변화가 두려워서, 나중에 손해를 입을 걸 알면서도 무심코 무언가를 덧붙이고 마는 버릇이 있었습니다. 그것은 제 안에 뿌리박힌 비뚤어진 약점, 어쩌면 멍청함이었지만, 세상의 이른바 '정직한 시민들'은 그런 제 습성을 철저히 이용해먹었습니다. 그리하여 저는, 저 먼 기억의 저편에서 떠오른 이름과 주소(호리키의 것이었습니다)를 그냥 휘갈겨 썼던 것입니다.

넙치의 집을 나온 뒤, 저는 신주쿠까지 걸어가 주머니에 있던 책들을 팔았습니다. 그러고는 그 자리에 멍하니 서서, 무엇을 해야 할지 전혀 감을 잡지 못했습니다. 저는 늘 모든 사람에게 친절하려고 노력해왔지만, 실제로 '우정'이라는 것을 느껴본 적은 한 번도 없었습니다. 제게는 호리키처럼 쾌락을 함께 즐긴 몇몇을 제외하면, 인간관계에 대한 기억은 거의 전부가 괴로운 것들뿐입니다. 저는 이런 괴로운 관계에서 벗어나기 위해 필사적으로 광대 짓을 해왔지만, 결국 그로 인해 진이 빠지고 지쳐버렸습니다. 지금도 길에서 아는 사람과 비슷한 얼굴을 마주치기라도 하면, 너무 놀라 몸이 떨리고 현기증이 날 정도입니다. 사람들이 저를 좋아한다는 건 알고 있습니다. 그러나 저는 다른 사람을 사랑하는 능력이 부족한 듯합니다(사실 인간이라는 존재가 과연 그런 능력을 진정 갖고 있는지조차 저는 의심스럽습니다). 이런 제가 누군가와 진정한 우정을 쌓는다는 건 처음부터 기대할 수 없는 일이었습니다. 게다가 저는 누군가의 집을 방문하는 것조차 못하는 사람이었습니다. 타인의 현관문은 저에게 『신곡』에 나오는 지옥의 문보다 더 두려운 것이었고, 그 문 너머에는 비린내 저는 괴물 같은 용이 몸을 틀며 도사리고 있다는 환영까지 느껴질 지경이었습니다.

친구가 없다. 갈 곳도 없다.

호리키.

그야말로 농담 속에 진심이 담겨 있었던 경우였습니다. 저는 넙치에게 남긴 작별 편지에 적었던 그대로, 정말로 호리키를 찾아가보기로 결심했습니다. 이전까지 저는 한 번도 직접 호리키의 집을 찾아간 적이 없었습니다. 보고 싶을 때면 늘 전보로 그를 제 쪽으로 부르곤 했습니다. 하지만 지금은 전보를 보낼 돈조차 있을지 의문스러웠고, 또한 망신을 당한 자의 왜곡된 지성으로는, 설령 전보를 보낸다 해도 호리키가 오지 않을 수도 있겠다는 의심마저 들었습니다. 그래서 결국 저로서는 세상에서 가장 어려운 일인 '방문'을 하기로 했습니다. 한숨을 내쉬며 전차에 올랐습니다. 이 세상에서 남은 마지막 희망이 호리키뿐이라는 생각은 제 등에 소름이 돋을 만큼 섬뜩한 불안을 안겨주었습니다.

호리키는 집에 있었습니다. 그의 집은 더러운 골목 끝에 있는 이층집으로, 그는 2층의 중간 크기 방 하나를 사용하고 있었고, 1층에서는 호리키의 늙은 부모님과 젊은 직원이 함께 나막신 끈을 만들며 바느질하고 두들기는 소리가 끊이지 않았습니다.

그날 저는 도시인 호리키의 새로운 면모를 보았습니다. 그것은 그의 '노련함'이었고, 시골 청년인 저로서는 입을 벌린 채 놀라 바라볼 수밖에 없었던, 얼음장처럼 차갑고 교활한 이기심이었습니다. 그는 저처럼 단순하고 끝없이 수동적인 인간이 아니었습니다.

"어이, 이게 누구야. 네 아버지한테 용서라도 받은 거냐? 아니지?"

저는 제가 도망쳤다는 사실을 고백할 수 없었습니다.

늘 그렇듯이 저는 얼버무리며 화제를 피했습니다. 물론 호리키는 금세, 아니 어쩌면 바로 그 자리에서 무슨 일이 있었는지를 짐작했을 겁니다.

"뭐 어떻게든 되겠지. 이런저런 방식으로 말이야."

"이봐! 웃을 일이 아니야. 충고 하나 할게. 이쯤에서 그 바보짓 그만둬. 오늘도 볼일이 있어서 말이지. 요즘 무지하게 바쁘거든."

"볼일? 무슨 볼일인데?"

"야! 지금 뭐 하는 거야? 방석 실밥 당기지 마!"

이야기를 나누는 동안, 저는 무의식중에 앉아 있던 방석의 귀퉁이에서 튀어나온 술 장식 같은 것을 손가락으로 꼬집고 비틀고 있었습니다. 호리키는 그의 집에 있는 물건 하나하나, 방석 실밥까지도 질투 어린 소유욕을 드러내며, 전혀 부끄러운 기색도 없이 저를 노려보았습니다. 지금 생각해보면, 호리키가 저와의 교류를 위해 치른 대가는 아무것도 없었습니다.

그 순간 호리키의 늙은 어머니가 단팥죽 두 그릇이 담긴 쟁반을 들고 들어왔습니다.

호리키는 어머니를 향해 다정하게 물었습니다. 효심 깊

은 아들의 말투로, 지나치게 정중해서 다소 부자연스럽기까지 한 말씨로 이어갔습니다.

"아, 죄송해요. 단팥죽을 만드셨어요? 이렇게까지 하실 필요는 없었는데. 저 지금 볼일이 있어서 막 나가려던 참이었어요. 그래도 이렇게 정성 들여 만드신 건데 안 먹는 건 죄가 되겠죠. 감사합니다."

그러고는 제 쪽을 향해 말했습니다.

"너도 한 그릇 먹지 그래? 어머니가 특별히 만드신 거야. 아, 정말 맛있다. 정말 훌륭해."

그는 진심인지 연기인지 모를 열렬한 태도로 단팥죽을 떠먹었습니다. 저도 제 앞에 놓인 단팥죽을 숟가락으로 떠먹었습니다. 물기가 많아 밍밍했고, 맨 아래에 들어 있는 건 새알인 줄 알았지만, 실제로는 무슨 재료인지 알 수 없는 것이었습니다.

저는 그들의 가난을 업신여기지 않았습니다(사실 당시엔 그 단팥죽이 맛없다고 생각하지 않았고, 그 노파의 친절에 진심으로 감사했습니다. 제가 빈곤을 두려워한 것은 사실이지만, 그것을 경멸한 적은 단 한 번도 없었습니다). 그 단팥죽과 그것을 두고 기뻐하는 호리키의 태도는 도시 사람의 절약 정신에 대해, 그리고 집과 바깥의 삶을 뚜렷이 구분하며 살아가는 도쿄 가정의 실상을 제게 가르쳐주었습니다. 저는 충격을 받았습니다. 인간 사회로부터 끊임없이 도망쳐 온 결과, '집 안'과 '집 밖'의 구분조차 못하게 된 이 어리석은 저만이 완전히 소외되어 있었고, 호리키에게조차 버림받았다는 사실에 말입니다. 저는 이 기록을 통해 남기고 싶습니다. 칠이 벗겨진 젓가락을 조심스럽게 다루며 그 단팥죽을 떠먹던 그 순간, 말할 수 없이 외로움을 느꼈다는 것을.

"미안한데 오늘 약속이 있어서."

호리키는 그렇게 말하며 일어나 재킷을 입었습니다.

"이만 가봐야겠어. 미안."

그때, 한 여성이 호리키를 찾아왔습니다. 제 상황은 그 순간 갑작스럽게 반전되었습니다.

호리키는 갑자기 생기를 띠며 말했습니다.

"아, 정말 죄송해요. 사실은 지금 막 당신 댁으로 가려던 참이었는데, 이 친구가 예고도 없이 들이닥쳐서요. 아니에요, 전혀 방해 안 돼요. 어서 들어오세요."

그는 다소 당황한 듯 보였습니다. 저는 제 아래에 깔려 있던 방석을 뒤집어 호리키에게 건넸고, 그는 그것을 낚아채듯 받아 다시 한번 더 뒤집어 여성에게 내밀었습니다. 손님용 방석은 그 하나뿐이었고, 나머지 하나는 호리키가 앉아 있던 것이었습니다.

그 여자는 키가 크고 마른 사람이었습니다. 그녀는 방석을 사양하고, 방문 옆 구석에 얌전히 앉았습니다.

저는 멍하니 두 사람의 대화를 들었습니다. 여자는 어떤 잡지사에 다니는 사람인 듯했고, 호리키에게 삽화를 의뢰했으며 지금 그것을 받으러 온 것이었습니다.

"저희가 좀 급해서요." 그녀는 그렇게 설명했습니다.

"벌써 준비돼 있었어요. 여기 있어요."

그때 전보가 도착했습니다.

호리키는 전보를 읽자마자 얼굴빛이 험악하게 변했습니다.

"젠장! 너 대체 무슨 짓을 한 거야?"

전보는 넙치에게서 온 것이었습니다.

"당장 돌아가. 내가 직접 데려다줘야 할 판이지만, 지금은 시간이 없어. 가출한 주제에 얼굴은 왜 그렇게 뻔뻔한 건데!"

여자가 물었습니다. "어디에 사세요?"

저는 무심코 대답했습니다. "오쿠보에 살아요."

"우리 사무실에서 꽤 가깝네요."

그녀는 고슈 출신으로 스물여덟 살이며, 고엔지에 있는 아파트에서 다섯 살 난 딸과 함께 살고 있다고 말했습니다. 그녀의 남편은 3년 전에 세상을 떠났다고 했습니다.

"당신. 어릴 때부터 불행했을 것 같은 얼굴이에요. 너무 예민한 게 안타까워요."

저는 생애 처음으로 기둥서방 생활을 시작했습니다. 시즈코(그 여기자의 이름이었습니다)가 아침에 잡지사로 출근하면, 그녀의 딸 시게코와 저는 순순히 집을 지키며 시간을 보냈습니다. 시게코는 원래 엄마가 집을 비우는 동안 관리인 방에 맡겨져 놀곤 했는데, 이제 흥미로운 아저씨가 새 친구로 나타나자 무척 기뻐하는 듯했습니다.

일주일 정도는 넋이 나간 채 시간을 보냈습니다. 아파트 창밖 전신줄에 연 하나가 걸려 있었는데, 흙먼지가 섞인 봄바람에 찢기고 날리면서도 끝끝내 줄에 매달려 있는 모습은 무언가를 끝내 증명하려는 것 같았습니다. 그 연을 볼 때마다 저는 멋쩍게 웃고 얼굴을 붉히곤 했고, 심지어 꿈속에도 그 연이 나타났습니다.

"돈이 좀 필요해."

"얼마나?" 그녀가 물었습니다.

"많이…. 가난이 문으로 들어오면 사랑은 창으로 나간다고 하잖아. 그 말, 사실이거든."

"바보 같은 소리 마. 그런 진부한 표현 따위."

"진부하다고? 하지만 당신은 몰라. 이대로 가면 도망칠지도 모르는걸."

"우리 중 누가 가난한데? 그리고 누가 도망치는 건데? 정말 우스운 말이야!"

"내 술이랑 담배 정도는 내 돈으로 사고 싶어. 나는 호리키보다 훨씬 나은 화가라고."

그런 말을 할 때면, 고등학생 시절 그렸던 자화상(다케이치가 '괴물 그림'이라 불렀던)이 자연스럽게 떠올랐습니다. 제가 잃어버린 걸작들이었죠. 저에게 정말 가치가 있던 유일한 그림들이었는데, 이사 다니는 동안 어느 틈엔가 사라져 버렸습니다. 이후 저는 온갖 종류의 그림을 그렸지만, 제가 기억하는 그 멋진 작품들에는 한참 못 미쳤습니다. 마치 마음에 구멍이 뚫린 듯한 상실감이 저를 괴롭혔습니다.

미처 다 마시지 못한 압생트 한 잔.

영원히 치유되지 않을 상실감이 서서히 마음속에 자리를 잡기 시작했습니다. 그림 이야기를 꺼낼 때마다, 마시지 못한 그 압생트 잔이 눈앞에 어른거렸습니다. 그 그림들만 보여줄 수 있다면 내 예술성을 믿어줄 거라는 안타까운 생각에 괴로웠습니다.

"정말로 그렇게 생각해? 당신은 그렇게 진지한 얼굴로 농담하는 게 정말 귀여워."

하지만 농담이 아니었습니다. 정말이었습니다. 저는 그 그림들을 보여주고 싶었습니다. 그 허탈한 아쉬움은 어느 순간 체념으로 바뀌었습니다. 저는 덧붙였습니다. "만화 말이야. 적어도 만화라면 호리키보다는 내가 낫다고."

이 우스꽝스러운 거짓말이 진심보다 더 진지하게 받아들여졌습니다.

"맞아, 정말 그래. 시게코한테 그려주던 만화들 있잖아. 나도 보면서 웃음이 절로 났어. 우리 잡지에 만화를 한번 그려보는 거 어때? 내가 편집장한테 잘 이야기해볼게."

그녀가 다니는 회사에서는 아이들을 위한 월간 잡지를 냈습니다. 그다지 유명한 잡지는 아니었습니다.

"대부분의 여자들은 당신만 보면 무언가 해주고 싶어 안달이 나. 늘 소심한 듯하면서도 웃기잖아…. 가끔은 엄청

외롭고 우울해지기도 하지만 그럴수록 여자 마음은 더 간지럽게 되는 거라고."

시즈코는 이런 말들로 저를 치켜세웠습니다. 하지만 저는, 기둥서방 특유의 혐오스러움과 함께, 그런 말들을 그저 덤덤하게 받아들였습니다. 저 자신의 처지를 생각할수록 저는 더욱 깊은 우울감에 빠졌고, 의욕을 완전히 잃어버렸습니다. 여자보다도 돈이 더 필요하다는 생각, 어쨌든 시즈코에게서 벗어나 제힘으로 살아가고 싶다는 생각이 마음속에서 계속 맴돌았습니다. 저는 온갖 계획을 세워보았지만, 그럴수록 시즈코에게 의지하게 되는 결과만 초래했습니다. 그녀는 강단 있는 여성이었고, 제가 도망친 일로 생긴 여러 가지 복잡한 문제들을 직접 나서서 해결했고, 다른 일들까지도 거의 다 챙겨줬습니다. 그 결과, 저는 그녀 앞에서 더욱 소심하고 무력해졌습니다.

시즈코의 제안으로 회담이 열렸습니다. 참석자는 넙치, 호리키, 그리고 시즈코였습니다. 이 자리에서 저는 저와 가족 사이의 모든 관계를 끊고, 시즈코와 떳떳하게 동거하기로 결정되었습니다. 또한 시즈코의 적극적인 도움 덕분에 제 만화는 놀라울 정도로 돈을 벌기 시작했습니다. 저는 계획했던 대로 그 수익으로 술과 담배를 샀지만, 우울감과 침체는 더욱 깊어졌습니다. 저는 바닥까지 가라앉은 상태였습니다. 가끔 〈긴타와 오타의 모험〉이라는 월간 만화 연재를 그리는 도중, 문득 집 생각이 떠올라 펜이 멈추고, 눈물이 가득 고인 눈으로 아래를 내려다보았습니다.

그럴 때 유일하게 저를 위로해준 존재는 시계코였습니다. 이제는 그녀가 아무런 망설임도 없이 저를 '아빠'라고 부르기 시작했습니다.

"아빠, 기도하면 뭐든지 이루어진다는 거 진짜야?"

그 말을 들으면서 저 자신도 그런 기도를 해보고 싶다는 생각이 들었습니다.

오, 제게 얼음 같은 의지를 내려주소서. '인간'이라는 존재의 본질을 알게 해주소서. 사람이 사람을 밀어내는 것도 죄가 되지 않는 건가요? 제게 분노의 얼굴을 내려주소서.

"그래. 시계코가 바라는 거라면 분명히 들어주실 거야. 하지만 아빠는, 글쎄…. 힘들지도 몰라."

저는 신조차 두려웠습니다. 신의 사랑은 믿을 수 없었고, 오직 그분의 형벌만을 믿을 수 있었습니다. 믿음. 그것은 고개를 숙인 채 신의 채찍을 받으러 정의의 법정에 나아가는 행위처럼 느껴졌습니다. 저는 지옥은 믿을 수 있었지만, 천국의 존재는 도무지 믿을 수 없었습니다.

"왜 아빠는 안 되는 거야?"

"아빠는 아버지가 하신 말씀을 어겼거든."

"그랬어? 근데 아빠 되게 착하다고 다들 그러던데."

그건 제가 모두를 속였기 때문이었습니다. 저는 아파트에 사는 모든 사람들이 저에게 다정하다는 것을 알고 있었지만, 제가 그들을 얼마나 두려워하는지, 그리고 사람을 두려워할수록 더 호감을 사게 되고, 그 호감은 또다시 두려움이 되어 결국 모두에게서 도망칠 수밖에 없는 저만의 불행한 성향을 시게코에게 설명하는 일은 몹시 어려웠습니다.

저는 무심하게 화제를 바꿨습니다.

"시게코는 신께 뭘 빌고 싶어?"

"나는 진짜 아빠가 다시 왔으면 좋겠어."

그 말에 저는 충격으로 어지러움을 느꼈습니다. 적. 제가 시게코의 적이었을지 아니면 시게코가 저의 적이었을지 모르겠지만, 이 아이 역시 저를 위축시키는 또 다른 무서운 어른이 되어가고 있었습니다. 낯선 사람, 도무지 이해할 수 없는 낯선 존재, 비밀투성이의 낯선 존재. 시게코의 얼굴이 갑자기 그렇게 보이기 시작했습니다.

저는 최소한 시게코만은 안전하다고 착각하고 있었습니다. 그러나 그녀 또한 자신의 옆구리에 달라붙은 등에를 떼어내기 위해 갑자기 꼬리를 휘두르는 소처럼, 언제라도 저를 해칠 수 있는 존재였습니다. 이제 저는 그 어린 소녀 앞에서도 조심스러워야 한다는 것을 알게 되었습니다.

"색마는 집에 계시나?"

호리키는 다시 저를 찾아오기 시작했습니다. 제가 가출하던 날, 저를 그렇게 비참하게 만든 사람이 바로 그였지만, 저는 호리키를 거절할 수 없었습니다. 힘없는 미소로 그를 맞이했습니다.

"네 만화가 꽤 평판이 좋더라? 아마추어란 게 무섭지. 겁이 없으니까. 근데 너무 자만하지 마. 데생은 여전히 엉망이던데."

그는 감히 저에게 선생님인 척 군림하려 들었습니다. 저는 늘 그렇듯이, 그가 제 '괴물 그림들'을 보았을 때 어떤 표정을 지을지 상상하며 공허한 전율의 고통에 휩싸였습니다. 하지만 대신 이렇게 항의했습니다.

"그런 말 하지 마. 나 진짜 울지도 몰라."

호리키는 더욱 우쭐해졌습니다.

"그저 그런 재주로 근근이 살아가는 수준이면, 언젠가는 꼭 들통나게 돼 있어."

겨우 근근이 살아갈 재능이라니, 정말 웃음이 나올 정도였습니다. 제가 사람들과의 접촉을 두려워하고, 그들을 피하고 속이며 살아가는 인간인데, 그런 저를 두고도 '겨우 살아갈 재능'이 있다고 말할 수 있다니. 어쩌면, 세상살이의 요령이나 '건드리지 말아야 할 것은 건드리지 말라'는 속담을 존중하는 사람과, 사람을 무서워하는 나 같은 사람이 겉보기에는 놀라울 정도로 비슷하게 보일 수도 있겠다는 생각이 들었습니다.

결국 인간은 누구 하나 서로에 대해 진정으로 이해하지 못하는 게 아닐까, 그렇게 마음이 통한다고 생각했던 사람도 알고 보면 전혀 엉뚱한 사람일 수 있고, 그런 진실을 평생 모르고 살다가 신문에서 그의 부고를 보고 눈물을 흘리는 경우도 있지 않겠나 하는 생각이 들었습니다.

호리키는, 제가 가출한 후 정리를 할 때도 마지못해 시즈코의 압력으로 참여했지만, 이제는 마치 저의 갱생을 도운 은인이자 연애 소설 속 중매쟁이인 양 굴고 있었습니다. 저에게 훈계를 늘어놓는 그의 표정은 무척 진지했습니다. 때로는 심야에 술에 잔뜩 취해 찾아와서는 제 방에서 자거나, 혹은 들러서 5엔(늘 5엔이었습니다)을 빌려 가곤 했습니다.

"여자 문제는 이제 그만둬야 해. 네가 너무 멀리 갔어. 세상이 더는 용납하지 않을 거야."

'세상'라는 게 도대체 뭘 의미하는 걸까, 저는 생각했습니다. 인간의 복수형일까? 세상이라는 이름의 실체는 어디에 있는 걸까? 저는 평생 세상이라는 것은 무시무시하고 가혹하며 냉정한 존재라고만 여겨 왔는데, 막상 호리키가 그렇게 말하는 걸 듣고 있자니, "그거, 당신 자신을 말하는 거 아니야?"라는 말이 목 끝까지 올라왔습니다. 하지만 괜히 그를 화나게 하고 싶지 않아 그 말은 삼켰습니다.

'세상이 용납 못 해.'

그건 세상이 아니라 네가 용납 못하는 거잖아. 아니야?

'그런 짓을 하면 세상이 널 벌줄 거야.'

그건 세상이 아니라 바로 너잖아?

'조심하지 않으면 세상에서 매장될 거야.'

그건 세상이 아니라 네가 날 매장시키겠다는 거잖아?

"너 스스로가 지닌 고유한 공포스러움과 간교함, 교활함과 마법 같은 술수를 직시해!" 수많은 단어들이 머릿속을 스쳐 지나갔습니다. 하지만 제가 말한 건, 단지 손수건으로 얼굴의 땀을 닦으며 뱉은 "진짜 식은땀이 다 나네!" 한 마디였습니다. 그리고 저는 미소를 지었습니다.

그러고 나서부터 저는 철학적 신념이라 해도 좋을 정도로 다음과 같은 확신을 갖게 되었습니다. '세상이란 결국 개인일 뿐이다.' 세상이 어쩌면 하나의 개인일지도 모른다고 의심하게 된 순간부터, 저는 제 성향에 따라 행동할 수 있게 되었습니다. 시즈코는 제가 예전처럼 소심하지 않고 제멋대로가 되었다고 여겼고, 호리키는 제가 이상하게도 구두쇠가 되었다며 비웃었습니다. 그리고 시게코의 말에 따르면, 저는 더 이상 시게코에게 잘해주지 않았다고 합니다.

저는 아무 말도 없이, 미소 하나 없이, 하루하루를 시게코를 돌보고 만화를 그리며 보냈습니다. 그중에는 〈긴타와 오타의 모험〉이라거나, 〈천하태평 아빠〉의 아류작 〈천하태평 스님〉이라거나, 〈성질 급한 핀짱〉 같은 도무지 이해할 수 없을 정도로 어리석은 제목의 연재 만화도 있었습니다(점차 시즈코의 회사보다 더 수준 낮은, 말하자면 삼류 출판사들로부터 주문이 들어오기 시작했습니다). 저는 지독하고도 지나치게 우울한 기분으로 한 줄 한 줄 일부러 펜을 움직였고, 오직 술값을 벌기 위해 그렇게 했습니다.

시즈코가 일을 마치고 돌아오면, 저는 마치 그녀와 배턴 터치를 하듯 황급히 밖으로 나가 역 근처의 포장마차에서 값싸고 도수가 높은 술을 마시러 향했습니다.

술기운에 조금 들뜬 채로 저는 다시 아파트로 돌아오곤 했습니다. 그러곤 이렇게 말했습니다.

"당신 얼굴은 보면 볼수록 이상해. 〈천하태평 스님〉 얼굴도 당신 자는 얼굴을 보고 아이디어를 얻었다니까."

"당신이 잘 때 얼굴은 어떤 줄 알아? 마흔 된 노인 같은 얼굴이라고."

"다 당신 때문이야. 당신이 나를 다 쥐어짰어. 인생은 흐르는 강물 같아서, 무엇을 근심하랴…. 강둑 위에 버드나무가…."

"어서 자, 시끄럽게 굴지 말고. 아니면 뭐라도 먹을래?"

시즈코는 아주 침착하게 말했습니다. 저를 진지하게 받아들이지도 않았습니다.

"술이라면 마시지. 인생은 흐르는 강물 같고… 사람의 강… 아니, 강물은 흐르고, 흐르는 생은…"

저는 시즈코가 제 옷을 벗기며 정리하는 동안 계속 노래를 불렀습니다. 이마를 그녀의 가슴에 기대고 잠이 들었습니다. 이것이 저의 일상이었습니다.

그리고 다음 날 다시 반복된다
단 하나의 규칙만을 지키며
어제와 마찬가지로
야만적인 큰 기쁨도,
큰 슬픔도 피할 것

마치 두꺼비가

길 위의 돌을 피해 가는 것처럼…

우에다 빈이 번역한 샤를 크로의 이 시를 처음 읽었을
때, 얼굴이 화끈거릴 정도로 부끄러웠습니다.

두꺼비.

'그게 바로 나다. 세상이 나를 용납하느냐 마느냐, 세상
이 나를 추방하느냐 마느냐의 문제가 아니다. 나는 개보다,
고양이보다도 열등한 동물이다. 두꺼비. 나는 축축하게 기
어갈 뿐이다.'

제가 마시는 술의 양은 점점 늘어나고 있었습니다. 고엔
지 역 근처뿐만 아니라 긴자까지 나가 술을 마시곤 했습니
다. 때때로는 외박도 했습니다. 술집에서는 건달처럼 행동
했고, 아무 여자에게나 함부로 키스를 했으며, 통념에 어긋
나는 일이라면 무엇이든 했습니다. 자살을 시도하기 전만
큼이나, 아니 그보다 더 심하게 술을 마셨습니다. 돈에 쪼
들린 나머지 시즈코의 옷을 전당포에 맡기기도 했습니다.

시즈코의 아파트에 처음 와서 찢어진 연을 보고 씁쓸하
게 웃었던 날로부터 1년이 지났습니다. 어느 날, 벚나무에
잎이 피어날 무렵, 저는 시즈코의 속옷과 허리띠 몇 벌을
훔쳐 전당포에 맡겼고, 그 돈으로 긴자에서 술을 마셨습니
다. 이틀 밤을 연달아 외박한 뒤, 사흘째 되는 저녁이 되어
서야 비로소 제 행동에 대한 죄책감이 들기 시작했습니다.

저는 시즈코의 아파트로 돌아왔습니다. 무의식적으로 발소리를 죽이며 문 가까이 다가갔고, 안에서 시즈코와 시게코가 대화하는 소리가 들렸습니다.

"왜 아빠는 술을 마셔?"

"좋아서 마시는 건 아니야. 너무 착해서 그래, 그게….

"착한 사람은 다 술 마셔?"

"꼭 그런 건 아니지만….

"아빠가 놀라겠지?"

"마음에 안 들어 할 수도 있어. 봐, 상자에서 튀어나왔어."

"성질 급한 핀짱 같다."

"그렇지?"

시즈코 씨의 낮은 웃음소리는 진심으로 행복해 보였습니다. 저는 문을 살짝 열고 안을 들여다보았습니다. 하얀 작은 토끼가 방 안을 깡충깡충 뛰어다니고 있었고, 시즈코와 시게코는 그 토끼를 쫓으며 즐겁게 뛰고 있었습니다.

'두 사람은 행복해 보인다. 내가 그들 사이에 끼어든 것이 어리석은 일이었다. 자칫하면 둘 다 파멸시켜버릴지도 모른다는 생각이 들었다. 소박한 행복. 착한 모녀. 신이시여, 만약 저 같은 사람의 기도를 들어주신다면, 단 한 번만이라도 두 사람의 행복을 허락해주십시오. 평생에 단 한 번이면 충분합니다! 제 기도를 들어주십시오!'

그 순간 저는 그대로 무릎을 꿇고 기도하고 싶어졌습니

다. 조용히 문을 닫고 긴자로 향했으며, 아파트로 두 번 다시 돌아가지 않았습니다.

그다음에 제가 또다시 얹혀살게 된 곳은, 교바시역 근처의 바 위층에 있는 아파트였습니다.

이제는 세상이 무엇인지 어렴풋이 감을 잡기 시작한 듯했습니다. 그것은 한 인간과 또 다른 인간 사이의, 바로 그 자리에서 벌어지는 싸움이며, 순간적인 승리가 전부인 세계입니다. 인간은 인간에게 결코 굴복하지 않습니다. 노예조차도 비열한 방식으로 보복을 합니다. 인간은 단지 눈앞의 대결을 통해서만 생존 방법을 찾습니다. 사람들은 국가에 대한 의무니 하는 말을 하기도 하지만, 결국 그들이 애쓰는 대상은 언제나 개인이며, 개인의 요구가 충족된 이후에도 또다시 개인이 등장합니다. 세상이 이해되지 않는다는 것은 곧 개인이 이해되지 않는다는 뜻입니다. 바다는 세상이 아니라, 수많은 개인들입니다. 저는 이 깨달음을 통해 세상이라는 바다에 대한 공포로부터 조금은 해방될 수 있었습니다. 저는 예전처럼 끝없이 불안해하지 않고, 다소 공격적인 태도로 순간순간에 반응하며 살아가는 법을 배워갔습니다.

제가 고엔지의 아파트를 떠날 때, 교바시 역에 있는 바의 마담에게 이렇게 말했습니다.

"그녀를 떠나 당신에게 왔어."

그 한마디면 충분했습니다. 다시 말해, 그 순간 그 자리에서 벌어진 하나의 싸움은 그렇게 결정되었고, 그날 밤부터 저는 아무런 격식도 없이 그녀의 가게 2층에 눌러앉게 되었습니다. 당연히 저를 가차 없이 벌해야 할 세상은 저에게 아무런 해도 가하지 않았고, 저 또한 어떤 해명도 하지 않았습니다. 마담이 그럴 의향만 있다면, 모든 것이 괜찮은 일이 되는 것이었습니다.

바에서 저는 손님처럼, 주인처럼, 심부름꾼처럼, 가게 식구처럼 대접받았습니다. 누가 보더라도 수상한 사람쯤으로 여겨질 법도 했지만, 세상은 제게 조금도 의심을 품지 않았고, 그 바의 단골손님들은 저에게 요조, 하고 부르며 지나칠 정도로 친절하게 대해줬습니다. 그들은 제 이름을 부르며 술을 사줬습니다.

저는 점차 세상에 대한 경계심을 풀게 되었습니다. 세상은 그렇게까지 끔찍한 곳은 아니라고 생각하게 되었습니다. 제 불안감은 봄바람에 실려 오는 수십만 마리의 백일해균, 대중 목욕탕에 득실거리는 눈을 멀게 하는 수십만 마리의 세균, 이발소에 퍼져 있는 탈모를 일으키는 세균, 전철 손잡이에 들러붙은 옴균 따위의 과학적 미신이 불러일으킨 무서운 공포심이 빚어낸 것이었습니다. 날것의 생선이나 덜 익힌 소고기, 돼지고기 안에는 반드시 기생충의 알이 도사리고 있다는 사실, 맨발로 걷다가 유리 파편이 발바닥에 박혀 온몸을 돌아 눈에까지 도달해 실명을 초래할 수도 있다는 과학적 사실들. 이 모든 것이 저를 극심한 공포로 몰아녛었던 것입니다.

물론 수백만 마리의 세균이 공중을 날고, 물속을 헤엄치며, 이곳저곳에서 꿈틀거린다는 사실은 정확한 과학적 사실입니다. 하지만 그 세균들을 완전히 무시해버리면, 그들과 나 사이에는 아무런 관련성도 생기지 않으며, 그것들은 그 즉시 단순히 '과학의 유령'으로 사라질 뿐이라는 것도 저는 깨닫게 되었습니다. 저는 과학 통계가 주는 공포에 지나치게 시달렸던 것입니다(천만 명이 점심에서 쌀 세 알씩을 남기면 하루에 몇 포대의 쌀이 낭비되는가, 천만 명이 하루에 티슈 한 장씩만 아끼면 얼마만큼의 펄프가 절약되는가. 이런 통계들 말입니다). 그래서 저는 밥 한 톨이라도 남기거나 코를 한 번 풀 때마다, 마치 쌀 산더미와 종이 수 톤을 낭비한 것 같은 죄책감에 휩싸였고, 심지어는 끔찍한 범죄라도 저지른 듯한 어두운 기분에 빠지기도 했습니다.

그러나 이런 것들은 과학의 거짓말, 통계와 수학의 거짓말이었습니다. 모든 사람에게서 쌀 세 알씩 모은다는 건 불가능한 일입니다. 단순한 곱셈이나 나눗셈을 위한 연습문제라 해도 그 수준은 지극히 초등적이고 어리석은 것으로, 예를 들면 어두운 화장실에서 사람들이 미끄러져 변기에 빠지는 비율이나, 지하철 문과 승강장 사이의 틈에 발이 끼는 승객의 비율 같은 한심한 확률 문제와 다를 바가 없었습니다.

이런 사고들은 충분히 일어날 법한 일처럼 보이지만, 저는 지금까지 누군가가 변기 속으로 떨어져 다쳤다는 실제 사례를 단 한 번도 들은 적이 없습니다. 저는 어제까지만 해도 이런 가설적인 상황들을 마치 신뢰할 수 있는 과학적 사실처럼 받아들이고 그것들에 공포를 느껴온 저 자신에 대해 연민과 경멸을 동시에 느꼈습니다.

이것이야말로 제가 이른바 '세상'이라는 것의 진실한 본질을 조금씩 깨달아 가고 있었다는 증거였습니다.

그런 말을 하면서도 저는 여전히 인간이 두려웠습니다. 바의 손님들을 마주하기 전에는 반드시 술 한 잔을 벌컥 들이켜야만 했습니다. 무서운 것을 보고 싶다는 욕망, 그것이 매일 밤 저를 그 바에 끌어들이는 이유였습니다. 마치 애완 동물이 무서워서 더 세게 껴안는 아이처럼, 저는 그 바에서 손님들에게 제 취하고 서투른 예술 이론들을 큰소리로 떠벌렸습니다.

그저 만화가, 그것도 이름 없는 삼류 만화가. 큰 기쁨도, 그렇다고 큰 슬픔도 없는 인생. 저는 필사적으로 어떤 거칠 고도 격렬한 기쁨을 갈망했으며, 설령 그로 인해 엄청난 고통이 따르더라도 상관없다고 생각했습니다. 하지만 실제로 제가 얻은 유일한 즐거움은 손님들과 아무 의미 없는 대화 를 나누며 그들의 술을 마시는 일이었습니다.

교바시 바에서 타락한 생활을 시작한 지도 거의 1년이 다 되어가던 무렵이었습니다. 제 만화는 더 이상 어린이 잡 지에만 실리는 것이 아니라, 기차역에서 팔리는 저급한 외설 잡지에도 실리기 시작했습니다. 저는 조시 이키타[1]라는 한심한 필명을 쓰며 벌거벗은 여인의 외설적인 그림을 그렸고, 종종 『루바이야트[2]』에서 따온 시구를 붙이기도 했습니다.

쓸데없는 기도는 그만둬라

눈물짓게 하는 일도 집어치워라

한잔하며 기쁘게 지내자

괜한 걱정 따위는 잊어버려라

불안과 공포로 사람을 위협하는 것들은

스스로 지은 큰 죄를 두려워하며

죽은 이의 복수를 대비하기 위해

머릿속으로는 쉴 새 없이 고민한다

지난밤에는 술이 넘쳐나니 내 마음도 기쁨으로 넘쳐났는데

오늘 아침 눈을 뜨니 쓸쓸하기만 하다

이상한 일이다. 하룻밤 새

변해버린 내 마음이여

쓸데없는 기도는 그만둬라

---

1) 동반자살을 했지만 살아남았다는 의미가 담겨 있다.
2) 루바이야트는 페르시아 전통의 4행시 형식으로, 인생과 운명 등을 철학
   적으로 노래한 시다.

저 멀리서 울리는 북소리처럼

어쩐지 불안해

방귀 뀐 것까지 일일이 죄라고 하면 어찌 사나

정의가 인생의 지침이라고?

그렇다면 피 칠갑된 전쟁터에는

암살자의 칼끝에는

무슨 정의가 깃들어 있는가?

어디에 그 근간이 있는가?

어떤 지혜의 빛이 있는가?

아름답고도 무서운 것이 이 세상이라네

여린 인간의 아들은 무거운 짐을 지고 산다

어찌할 수 없는 욕정의 씨앗이 심긴 탓에

선이다 악이다, 죄다 벌이다, 저주만 받을 뿐

어찌할 수 없이 그저 버둥거릴 뿐

깨부술 의지도 물려받지 못한 탓에

어딜 그렇게 헤매고 다녔는가?

비판? 검토? 재인식?

쳇, 헛된 꿈. 있지도 않은 허상

에라, 술을 깜빡했네. 모두 바보 같은 생각이다

어때, 저 끝도 없는 하늘을 보라고
저 속에 작은 점 하나일 뿐인데
이 지구가 왜 자전을 하는지 알 게 뭔가?
자전 공전 반전도 다 제 마음인 것을

가는 곳마다 지고한 힘을 느끼고
모든 나라 모든 민족에게서
동일한 인간성을 발견하는
나는야, 이단자

다들 성경을 잘못 읽은 게야
그게 아니면 상식도 지혜도 없는 거지
살아 있는 육체의 기쁨을 금하고 술도 금하고
됐어, 무스타파. 나 그런 건 정말 싫어

그 시기에 제 인생에 한 소녀가 나타났습니다. 그녀는 제가 술을 끊기를 간절히 부탁했습니다.

"이렇게 매일 아침부터 밤까지 술을 마시면 안 돼요."

바 건너편의 작은 담배 가게에서 일하는 열일곱 살쯤 된 요시코라는 이름의 창백한 소녀였습니다. 그녀는 이가 약간 비뚤었지만, 제가 담배를 사러 갈 때마다 웃으며 늘 그 충고를 반복하곤 했습니다.

"술 마시는 게 뭐가 잘못이지? 왜 나쁘다는 거야? '달콤한 포도주와 함께 기쁘게 지내는 것이 아무것도 없거나 쓴 열매를 애타게 바라는 것보다 낫다'라고 하는데. 옛날에 페르시아 사람 하나가…. 아니, 됐고. '신이나 인간의 간섭도 받지 않고, 내일의 걱정은 내일에게 맡기고, 포도주 따르는 가느다란 미인의 머리카락에 손을 묻히라' 이런 말도 있어. 이해가 되나?"

"아뇨, 잘 모르겠어요."

"정말 멍청한 아가씨네. 키스해버린다."

"하세요." 그녀는 부끄러움 하나 없이 아랫입술을 삐죽 내밀었습니다.

"정말 바보 같아. 그 순결 타령이란…."

요시코의 얼굴에는 분명히 드러나는 무언가가 있었고, 그것은 그녀가 아직 더럽혀진 적 없는 순결한 처녀라는 것을 말해주고 있었습니다.

정월이 지나고 얼마 안 된 어느 날, 한겨울의 밤에 저는 술에 취해 비틀거리며 담배를 사러 나갔다가 그녀 가게 앞 맨홀에 빠졌습니다.

"요시코! 나 좀 구해줘!"

그녀는 저를 끌어내어 멍든 오른팔을 붕대로 감아주었습니다. 요시코는 진지하고 웃지도 않은 채 말했습니다.

"술 너무 많이 드셔서 그래요."

죽는다는 생각은 저를 별로 괴롭히지 않았지만, 다친다거나, 피를 흘린다거나, 불구가 된다거나 하는 건 정말 싫었습니다. 요시코가 제 손을 붕대로 감아주는 모습을 보며, 술을 줄여야겠다는 생각이 들었습니다.

"끊을게. 내일부터 한 방울도 안 마시겠어."

"정말이세요?"

"틀림없이, 꼭 끊겠어. 내가 술 끊으면 나랑 결혼해주시겠어?"

하지만 그 말은 단지 농담으로 한 것이었습니다.

"물이죠."

물이란 '물론'의 줄임말이었습니다. 당시에는 '모보(모던보이)'나 '모걸(모던걸)' 같은 줄임말이 유행이었습니다.

"좋아. 손가락 걸고 약속해. 나도 술을 반드시 끊겠다고 약속하지."

다음 날, 예상한 대로 저는 하루 종일 술을 마셨습니다. 해 질 무렵, 저는 다리가 후들거리는 상태로 요시코의 가게로 향해 그녀를 불렀습니다.

"요시코, 미안해. 또 술 마셨어."

"정말 나쁘세요. 술 취한 척해서 절 속이시려는 거죠?"

저는 깜짝 놀랐습니다. 순간 술기운이 확 깼습니다.

"아니, 진짜야. 정말로 술 마셨어. 연기 아니라고."

"또 놀리시네요. 못되셨어요." 그녀는 아무 의심도 하지 않았습니다.

"보면 바로 알 수 있잖아. 오늘 정오부터 마셨는걸. 용서해줘."

"연기 잘하시네요."

"연기 아니야. 바보 같으니라고. 키스해버린다."

"하세요."

"아니, 난 자격이 없어. 당신과 결혼하겠다는 말은 포기해야 할 것 같아. 내 얼굴 좀 보라고. 빨갛잖아? 술 마셔서 그래."

"그건 석양빛이 비쳐서 그래요. 속이려 하지 마세요. 어제 술 안 마신다고 약속하셨잖아요. 약속은 안 어기시겠죠? 우리 손가락 걸었잖아요. 술 마셨다니, 거짓말이에요. 제가 다 알아요."

요시코는 흐릿한 조명 아래 앉아 창백한 얼굴로 미소 짓고 있었습니다. 순결이란 얼마나 신성한 것인가 하는 생각이 들었습니다. 저는 지금까지 한 번도 저보다 어린 순결한 여자와 잠자리를 함께한 적이 없었습니다. 그녀와 결혼해야겠다고 생각했습니다. 살면서 단 한 번, 아무리 큰 고통이 따르더라도 격렬하고도 날것의 기쁨이라는 것을 알고 싶었습니다. 저는 순결의 아름다움이란 그저 멍청한 시인들의 달콤하고 감상적인 환상일 뿐이라고 생각해왔지만, 그것은 분명 이 세상 어딘가에 살아 숨 쉬고 있었습니다. 결혼하자. 봄이 되면 함께 자전거를 타고 아오바 폭포를 보러 가자.

저는 그 자리에서 결심했습니다. 즉흥적인 결정이었고, 망설임 없이 그 꽃을 훔쳤습니다.

얼마 지나지 않아 우리는 결혼했습니다. 그 결과로 얻은 기쁨은 그렇게 크거나 격렬한 것이 아니었지만, 그 뒤따른 고통은 상상조차 초월할 정도로 참혹한 것이었습니다. 끔찍하다는 말로도 부족했습니다. 세상은 결국 끝없이 무서운 곳이었습니다. 그 무엇도 단 한 번의 즉흥적인 결정으로 해결되는, 그런 아이 같은 단순한 곳이 아니었습니다.

2

호리키와 나.

우리는 서로를 경멸하면서도 끊임없이 붙어 다녔습니다. 그로 인해 스스로를 더욱 비참하게 만들었습니다. 만약 세상에서 그런 관계를 '우정'이라 부른다면, 호리키와 저의 관계는 분명 우정이었습니다.

저는 교바시의 바 마담의 기사도에 몸을 의탁했습니다 (여자에게 '기사도'라는 표현은 이상하게 들릴 수도 있지만, 적어도 도시에서 제가 경험한 바에 따르면, 남자들보다 여자들이 오히려 더 많은 '기사도'적 성품을 지니고 있었습니다. 대부분의 남자들은 체면을 두려워하며 소심하고, 인색하기까지 했으니까요). 그녀 덕분에 저는 요시코와 결혼할 수 있었고, 스미다 강 근처의 아파트 1층 방을 얻어 신혼살림을 시작했습니다. 저는 술을 끊고 만화를 그리는 데 몰두했습니다. 저녁을 먹고 나면 함께 영화를 보러 나가거나, 오는 길에 찻집에 들르거나 화분을 사기도 했습니다. 하지만 그런 것보다 더 기뻤던 건 순수한 마음으로 저를 믿고 따르는 어린 신부의 말과 몸짓을 지켜보는 것이었습니다. 이대로라면 언젠가 저도 사람 구실을 하게 되어 끔찍한 죽음을 면할 수도 있겠다는 달콤한 생각이 가슴속에 어렴풋이 피어오르기 시작했을 때, 호리키가 다시 나타났습니다.

그가 저를 불러 세우며 말했습니다.

"우리 위대한 연애가는 어때? 뭐야 이거? 얼굴에 경계심이 어린 것 같은데, 너답지 않게?"

그는 낮은 목소리로 말하며 턱을 주방에서 차를 준비하고 있던 요시코 쪽으로 살짝 내밀며 계속 말해도 괜찮은지 묻듯이 제스처를 취했습니다.

저는 태연하게 대답했습니다. "괜찮아. 저 아이 앞에서 무슨 말이든 해도 돼."

실제로 요시코는 사람을 믿는 데는 천재적인 재능을 지닌 여자였습니다. 교바시 바의 마담과의 관계에 대해서도 아무 의심을 품지 않았고, 가마쿠라에서 있었던 쓰네코와의 사건을 전부 털어놓았을 때조차, 그녀는 역시 의심조차 하지 않았습니다. 제가 거짓말을 잘해서 그런 건 아니었습니다. 오히려 어떤 때는 대놓고 이야기했지만, 요시코는 그런 말들도 전부 농담으로 받아들이는 것 같았습니다.

"역시 너는 변함없이 당당하구나. 뭐, 별일은 아니고. 가끔 얼굴 좀 비추라고 전해달래."

막 잊어가던 때에 그 불길한 새가 다시 날아와 날카로운 부리로 과거의 상처를 헤집었습니다. 순간, 지난 날의 수치와 죄의 기억이 눈앞에 펼쳐지고, 비명을 지르고 싶을 만큼 커다란 공포가 저를 덮쳐 저는 도저히 가만히 앉아 있을 수 없었습니다.

"술 한잔 어때?" 제가 말했습니다.

"좋지." 하고 호리키가 말했습니다.

호리키와 나. 겉으로 보기엔 평범한 사람 같았지만, 때로 저는 그가 저와 꼭 닮았다는 느낌을 받곤 했습니다. 물론, 그건 우리 둘이 술집을 돌아다니며 값싼 술을 들이켜고 난 뒤의 일이었습니다. 우리 둘이 마주하면 마치 똑같은 털을 지닌 개 두 마리로 변신이라도 한 듯, 눈 덮인 거리를 뛰쳐나가듯 함께 달리곤 했습니다.

그렇게 우리는 옛 우정의 불씨를 데우듯 다시 가까워졌습니다. 함께 교바시의 바에 들렀고, 결국엔 술에 절어버린 두 마리 개가 되어 가끔 제가 하룻밤 묵기도 했던 고엔지의 시즈코 아파트까지 함께 찾아가게 된 것이었습니다.

절대 잊지 못할 겁니다. 무더위가 끈적이게 내리누르던 여름밤이었습니다. 해 질 무렵, 호리키가 낡은 여름 기모노 차림으로 우리 아파트에 찾아왔습니다. 급한 일이 생겨 여름 양복을 전당포에 맡기게 되었고, 나이 든 어머니에게 들키기 전에 찾아야 한다며 돈을 빌려달라고 했습니다. 그의 말은 진지해 보였습니다. 하필이면 그날따라 우리 집엔 돈이 한 푼도 없었습니다. 저는 언제나 그랬듯 요시코에게 옷을 가지고 전당포에 다녀와달라고 부탁했고, 그녀는 옷을 맡기고 돈을 받아왔습니다. 그 돈 중 일부를 호리키에게 빌려줬고, 남은 약간의 돈으로는 진을 사달라고 요시코에게 부탁했습니다. 우리는 아파트 옥상에 올라가 흐느적이는 작은 파티를 열었습니다. 강 쪽에서 가끔씩 희미한, 병든 듯한 바람이 불어왔습니다.

우리는 '비극적 명사와 희극적 명사'라는 추측 게임을 시작했습니다. 이 게임은 제가 직접 고안한 것으로, 명사를 남성형·여성형·중성형으로 구분하듯, 비극적 명사와 희극적 명사로 나눌 수 있다는 전제에 기반한 것이었습니다. 예를 들어, 이 분류에 따르면 증기선과 증기기관은 비극적 명사이며, 전차와 버스는 희극적 명사였습니다. 이런 구분이 왜 타당한지 이해하지 못하는 사람은 예술을 논할 자격이 없었고, 희극 속에 단 하나의 비극적 명사를 포함시킨 극작가는 그것만으로도 실패자였습니다. 이는 비극 속에 희극적 명사가 들어가도 마찬가지였습니다.

제가 먼저 질문을 던졌습니다.

"준비됐어? 담배는 어떤 명사인 것 같아?"

"비극적이지." 호리키가 망설임 없이 대답했습니다.

"그럼 약은?"

"가루약이야, 알약이야?"

"주사."

"비극적."

"글쎄. 호르몬 주사도 있다는 거 잊지 말라고."

"아니, 주사라는 말 자체에 바늘이 들어가잖아. 그보다 더 비극적인 게 어디 있겠어?"

"네 말이 맞아. 그런데, 약과 의사는 의외로 희극적일 수도 있어. 그럼 죽음은 어떤데?"

"희극적이지. 그건 기독교 목사나 불교 승려에게도 마찬가지이고."

"브라보! 그렇다면 삶은 비극적인가?"

"틀렸어. 그것도 희극적이지."

"그렇다면 세상 모든 게 다 희극이 돼버리는군. 마지막으로 하나 더. 만화가는 어떤가? 이건 아무래도 희극 명사라고는 할 수 없겠지?"

"비극적이지. 그것도 굉장히 비극적인 명사야."

"그 말 참 잘 어울리네. '굉장히 비극적'이라는 말이 널 묘사하기에 딱이니까."

이런 천박한 농담 수준까지 떨어질 수 있는 게임이라면 경멸받아 마땅하지만, 우리는 우리가 고안해낸 이 세계 어디에서도 본 적 없는 대단히 기발한 오락이라며 매우 자부심을 가졌습니다.

저는 이와 비슷한 성격의 다른 게임도 하나 발명했는데, 바로 반의어 맞히기 게임이었습니다. 검정의 반의어는 하양. 하지만 하양의 반의어는 빨강. 빨강의 반의어는 다시 검정.

"꽃의 반의어는 뭐야?"

호리키는 얼굴을 찡그리며 생각에 잠겼습니다.

"어디 보자. 예전에 '화월(花月)'이라는 음식점이 있었지. 그럼 달이겠네."

"그건 반의어라기보단 유의어야. 별과 훈장이 유의어인 것처럼. 반의어는 아니지."

"알았다! 벌이야."

"벌?"

"모란에는 벌이 끼지 않던가, 아니면 개미였나?"

"무슨 소릴 하는 거야. 얼버무리지 마."

"알았다! 꽃에 구름이야…."

"그건 달에 떼구름³이겠지."

"맞다. 꽃에는 바람이었지. 그렇담 꽃의 반의어는 바람 이야."

"너무 조악하잖아. 그건 그냥 노래 가사잖아. 역시 출신 이 드러나는구먼."

"그럼 좀 더 어려운 걸 해보자. 만돌린은 어때?"

"역시 아니야. 꽃의 반의어란, 이 세상에서 꽃과 가장 닮 지 않은 걸 말하는 거야."

---

3) 月に叢雲花に風, '달에는 떼구름, 꽃에는 바람'이라는 뜻으로, 사자성어 의 '호사다마'와 비슷한 의미다.

"그게 바로 내가 하려는 거잖아. 아, 잠깐만! 그럼 이건 어때. 여자?"

"그럼 여자의 유의어는 뭐야?"

"내장."

"시적 감각이 전혀 없구나. 그럼 내장의 반의어는?"

"우유."

"그거 꽤 괜찮은데? 비슷한 거 하나 더 해보자. 옹트[4]의 반의어는 뭐야?"

"후안무치. 인기 만화가 조시 이키타."

"호리키 마사오, 너는 어떻고?"

이쯤 되자 우리 둘 다 웃을 수 없게 되었고, 진을 마신 취기에 머릿속이 깨진 유리 조각으로 가득 찬 듯한 특별한 답답함을 느끼기 시작했습니다.

"건방지게 굴지 마. 난 적어도 너같이 죄인처럼 묶인 적은 없어."

저는 당황했습니다. 호리키는 마음속 깊이 저를 하나의 온전한 인간으로 여기지 않았습니다. 그는 저를 자살을 시도했다 살아남은 산 송장, 수치심도 없는 바보 유령으로밖에 생각하지 않았습니다. 그의 우정은 오직 자기 쾌락을 위해 저를 어떻게든 이용하는 데에만 목적이 있었던 것입니다. 이 생각이 저를 기쁘게 하지는 않았지만, 곧 깨달았습

---

4) honte, 프랑스어로 '수치심'이라는 뜻이다.

니다. 호리키가 저를 그렇게 보는 것이 전혀 이상한 일이 아니라는 것을. 어릴 때부터, 저는 아마 인간으로서의 자격을 결여했던 모양입니다. 어쩌면, 호리키에게조차 멸시받을 자격이 제게는 충분히 있었던 것인지도 모릅니다. 저는 태연한 척하며 말했습니다.

"죄. 죄의 반의어는 뭐지? 이건 좀 어려운 문제야."

"법이겠지, 당연히."

호리키가 단호하게 대답했습니다. 저는 그의 얼굴을 다시 바라보았습니다. 근처 건물의 붉은 네온사인 불빛에 비친 그의 얼굴은 마치 냉정한 검사처럼 엄숙한 위엄을 지니고 있었습니다. 저는 마음 깊숙이 흔들렸습니다.

"죄는 그런 단순한 범주에 속하지 않아."

죄의 반의어가 법이라니! 하지만 아마 세상 속의 모든 사람들이 바로 그런 단순한 개념 덕분에 자기만족 속에서 살아가는 것일지도 모릅니다. 경찰이 없으면 죄가 생긴다고 믿는 사람들이니까요.

"그렇다면 뭐가 반의어라는 거야? 신? 너한텐 딱 맞지. 너한텐 왠지 기독교 목사 냄새가 나. 불쾌해."

"그렇게 쉽게 넘기지 말고 좀 더 진지하게 생각해보자. 꽤 흥미로운 주제라고 생각해. 이 질문 하나로 사람의 모든 걸 알 수 있을지도 몰라."

"장난치지 마. 죄의 반의어는 미덕이야. 덕 있는 시민. 다시 말해 나 같은 사람."

"농담하지 마. 미덕은 악덕의 반의어일 뿐이지, 죄의 반의어는 아니야."

"악덕이랑 죄는 다른 거야?"

"다르다고 생각해. 미덕과 악덕은 인간이 만들어낸 개념이고, 인간이 자의적으로 정한 도덕을 설명하는 말이야."

"귀찮게 굴긴. 그럼 결국 신이겠네. 신. 신. 신에게 다 맡기면 틀릴 일은 없지… 배고프다."

"요시코가 아래에서 지금 누에콩을 삶고 있어."

"좋지. 나 누에콩 좋아해."

호리키는 손을 머리 뒤에 괴고 바닥에 드러누웠습니다.

제가 말했습니다. "넌 죄에 별로 관심이 없는 것 같네."

"그렇지. 나야 너 같은 범죄자는 아니니까. 좀 방탕한 생활은 하지만, 여자들 죽게 하거나 돈을 뜯지는 않거든."

어디선가, 약하지만 절박한 저항의 목소리가 제 마음속에서 들려왔습니다. 저는 누구도 죽게 하지 않았고, 누구에게서도 돈을 뜯지 않았다고. 하지만 또다시, 저 자신을 악하다고 여기는 오랜 습관이 고개를 들었습니다.

저는 누군가와 얼굴을 맞대고 반박하는 게 도저히 불가능한 사람입니다. 진의 우울한 영향이 점점 강하게 치밀어 오르며 마음속에서 위험스럽게 부풀어 오르는 감정을 필사적으로 억눌렀습니다. 마침내 거의 혼잣말처럼 중얼거렸습니다.

"징역형이 가능한 행위만이 죄는 아니야. 죄의 반의어를 알 수 있다면, 죄의 본질도 알 수 있을 텐데. 신… 구원…
사랑… 빛. 하지만 신에게는 사탄이란 반의어가 있고, 구원
에는 타락, 사랑에는 증오, 빛에는 어둠, 선에는 악이 있어.
죄와 기도? 죄와 참회? 죄와 고백? 죄와… 아니, 다 동의어
야. 죄의 반대는 도대체 뭐지?"

"음, 죄의 반의어는 꿀[5]이지. 꿀처럼 달콤하니까. 나 배고
파. 뭐 좀 가져와."

"그럼 네가 직접 가서 가져오지 그래."

제 목소리는 거의 처음으로 분노로 떨렸습니다.

"좋아, 내가 내려가서, 그럼 요시코랑 같이 죄를 저지르
지. 이론보다 행동이 낫잖아. 죄의 반의어는 꿀콩이야. 아
니, 누에콩이지!" 그는 술에 너무 취해 말을 제대로 하기도
힘들었습니다.

"마음대로 해. 여기서 당장 꺼져."

그는 중얼거리며 일어섰습니다.

"죄와 공복. 공복과 누에콩. 아니, 그건 유의어야."

죄와 벌. 도스토옙스키.

이 단어들이 제 마음 한 귀퉁이를 스치듯 지나가며 저를
놀라게 했습니다. 혹시 도스토옙스키가 '죄'와 '벌'을 나란
히 놓은 이유가, 그것들이 동의어가 아니라 반의어이기 때
문은 아닐까? 죄와 벌. 절대로 섞일 수 없는 개념, 기름과

---

5) 일본어로 죄는 つみ(쓰미), 꿀은 みつ(미쓰)이다.

물처럼. 저는 그 혼탁하고 거품 낀 연못 아래, 도스토옙스키의 혼돈 속에서 무엇인가 실마리를 잡기 시작한 듯한 느낌을 받았습니다. … 아니, 아직은 완전히 보이지 않았습니다. 그런 생각들이 등불 속 그림자처럼 빙글빙글 맴돌고 있을 때, 갑자기 목소리가 들려왔습니다.

"이 집 누에콩 정말 대단하네. 내려와서 좀 봐."

호리키의 목소리와 표정이 달라져 있었습니다. 방금 전만 해도 휘청거리며 아래층으로 내려간 그였는데, 어느새 다시 돌아와 있었습니다.

"뭐야, 뭔데 그래?"

이상한 흥분이 온몸을 휘감았습니다. 우리는 옥상에서 내려와 2층을 지나 지하층 제 방으로 향하는 계단을 반쯤 내려갔을 때, 호리키가 저를 멈춰 세우고 속삭였습니다.

"봐."

그는 손가락으로 가리켰습니다. 제 방 위로 작은 창문 하나가 열려 있었고, 그 틈으로 방 안이 보였습니다. 불이 켜져 있었고, 두 마리의 동물이 보였습니다. 눈앞이 아찔했지만, 거칠게 숨을 쉬며 저는 혼잣말처럼 중얼거렸습니다. 이것도 인간이란 존재의 또 하나의 모습일 뿐이다. 놀랄 일도 아니다. 저는 계단 위에 굳어 선 채, 요시코를 도와야겠다는 생각조차 하지 못했습니다.

호리키는 일부러 크게 헛기침을 했고, 저는 도망치듯 옥상으로 다시 뛰어 올라가 그곳에 쓰러졌습니다. 비가 내릴

듯 무겁게 내려앉은 여름 밤하늘을 바라보며 밀려든 감정은 분노도 증오도, 슬픔도 아니었습니다. 그건 맹렬한 두려움이었습니다. 묘지에서 유령을 보았을 때 느끼는 공포가 아니라, 신사의 숲속에서 흰옷 입은 신의 몸체를 마주했을 때 솟구치는 원초적이고 본능적인 경외에 가까운 두려움. 그날 밤을 경계로 제 머리카락은 서서히 희어졌습니다. 저는 스스로에 대한 모든 확신을 잃었고, 사람에 대한 믿음을 송두리째 의심하게 되었으며, 이 세상의 어떤 희망도, 기쁨도, 공감도 영원히 포기해버렸습니다. 그날의 사건은 제 인생의 결정적인 전환점이었습니다. 저는 미간 정중앙이 쪼개진 듯한 상처를 입었고, 그 상처는 이후 누구와 접촉할 때마다 욱신거리며 다시 고통을 일깨워주었습니다.

"동정은 하지만, 이번 일로 교훈을 얻었길 바래. 난 이제 다시 안 올 거야. 이곳은 완전히 지옥이야…. 하지만 요시코는 용서해줘. 네가 그렇게 대단한 사람도 아니잖아. 잘 있어."

호리키는 그렇게 말하고, 더 머뭇거리지도 않고 돌아섰습니다. 그는 그런 민망한 상황에 오래 남아 있을 만큼 어리석지 않았습니다.

저는 몸을 일으켜 술 한 잔을 따랐습니다. 그러고는 소리 내어 울었습니다. 눈물이 끝도 없이 흘렀습니다. 멈출 수 없을 정도로….

저도 모르게 요시코가 제 뒤에 누에콩을 수북이 담은 쟁반을 들고 망연히 서 있었습니다.

"그 사람이 아무 짓도 안 하겠다고 했어요…."

"괜찮아. 아무 말도 하지 마. 사람을 믿지 말아야 한다는 걸 몰랐던 것뿐이야. 앉아. 우리 같이 콩이나 먹자."

우리는 나란히 앉아 말없이 콩을 먹었습니다. 사람을 믿는 것이 죄일까요? 그 남자는 글도 모르는 작은 가게 주인, 키가 작고 서른쯤 되어 보였으며 내게 만화를 그려달라고 부탁해놓고는, 지불할 적은 돈에 대해 엄청난 생색을 내던 그런 인간이었습니다. 그가 다시 찾아올 리는 없었습니다. 저는 그 남자보다는 호리키에게 더 강한 증오를 느꼈습니다. 왜, 그가 그 장면을 처음 보았을 때 바로 기침을 해 알리지 않았을까요? 왜 굳이 옥상으로 돌아와 저를 데리고 와야 했을까요? 잠 못 이루는 밤마다, 저는 그런 그를 향한 혐오와 증오로 몸이 짓눌리는 듯 괴로웠습니다.

저는 요시코를 용서하지도, 그렇다고 용서하지 않겠다고 마음먹지도 않았습니다. 요시코는 사람을 믿는 데 천재적인 재능을 가진 여자였습니다. 그녀는 누구도 의심할 줄 몰랐습니다. 하지만 그 결과는…. 그 믿음은 우리 모두에게 너무나 큰 고통을 안겨주었습니다.

신이시여, 여쭙고 싶습니다. 사람을 믿는 것, 그것이 죄인가요?

요시코가 더럽혀졌다는 사실 자체보다, 그녀가 사람을 믿는 마음이 더럽혀졌다는 것이 제 삶을 견딜 수 없게 만들

180

만큼 지속적인 고통의 원천이 되었습니다. 사람을 믿는 능력이 망가져 언제나 소심하고 비굴하게 사람의 표정을 살피는 데에만 익숙한 저에게 요시코의 그 깨끗하고 순진한 신뢰심은, 푸른 잎 사이로 흐르는 폭포처럼 청명하게 느껴졌습니다. 그러나 단 하룻밤으로 그 맑던 물줄기가 누렇게 흐려지고, 진흙처럼 탁해져버린 것이었습니다.

그날 밤 이후로, 요시코는 제 작은 웃음이나 찡그림 하나에도 불안해하기 시작했습니다. 제가 이름을 부르면 깜짝 놀라 달려왔고, 어떤 행동이 옳은지도 몰라 주춤거렸습니다. 제가 아무리 웃음을 지어 보여도, 아무리 광대처럼 바보스러운 행동을 해보아도, 그녀는 내내 경직된 채, 두려움에 싸여 있었습니다. 그녀는 말끝마다 과도한 존댓말을 붙이기 시작했죠.

사람을 순수하게 믿는 마음, 그것이 결국 죄가 되는 것일까요?

저는 유부녀가 능욕당하는 여러 소설들을 찾아보며 읽어보았습니다. 하지만 요시코처럼 처참한 방식으로 능욕당한 여자가 나오는 예는 단 하나도 찾을 수 없었습니다. 요시코의 이야기는 분명히 소설로 만들 수도 없는 것이었습니다. 차라리 그 자그마한 가게 주인과 요시코 사이에 사랑이라고 부를 만한 무언가라도 있었더라면, 저는 오히려 기분이 나아졌을지도 모릅니다. 하지만 그 여름밤 요시코는 그저 사람을 믿었을 뿐이고, 그것이 전부였습니다. 그 사건으로 인해 저는 미간이 찢어졌고, 목소리가 쉬었으며, 머리가 새치로 물들기 시작했고, 요시코는 불안에 찬 삶을 살아가게 되었던 것입니다.

제가 읽은 대부분의 소설에서는, 남편이 아내의 '행위'를 용서하느냐 마느냐에 초점이 맞춰져 있었습니다. 하지만 제 생각에는, 아내를 용서하느냐 마느냐를 아직 결정할 수 있는 남편은 오히려 행복한 사람이라고 느껴졌습니다. 도저히 용서할 수 없다고 느낀다면, 괜히 호들갑 떨지 말고 하루빨리 이혼하고 새 아내를 찾는 편이 낫습니다. 그것이 안 된다면 용서하고 인내하면 그만입니다. 어느 쪽이든 남편의 감정 하나로 완전히 정리될 수 있는 문제라고 생각했습니다.

말하자면, 그러한 사건은 분명 남편에게 큰 충격일 수는 있지만, 파도가 계속 밀려오는 것처럼 끝없이 괴롭히는 일은 아닙니다. 즉, 권위 있는 남편의 분노 하나면 처리될 수 있는 문제라는 뜻입니다. 하지만 우리의 경우, 남편은 권위를 잃은 사람이었고, 곰곰이 생각해보니 모든 것이 제 탓이라는 생각이 들었습니다. 분노를 터뜨리기는커녕, 불평 한마디조차 입에 올릴 수 없었습니다. 그저 제 아내가 지닌 드문 미덕, 제가 오래도록 소중히 여겨온 참을 수 없이 가없은 그 미덕, '순진무구한 신뢰심'이 있었기에 그녀가 능욕을 당했다는 생각뿐이었습니다.

이제 제가 의지하던 단 하나의 미덕, 즉 순진무구한 신뢰심에 대해 의심을 품게 되자, 저는 주변의 모든 것을 전혀 이해할 수 없게 되었습니다. 제가 의지할 수 있는 유일한 것은 술뿐이었습니다. 제 얼굴은 눈에 띄게 거칠어졌고, 끊임없는 음주로 인해 이가 빠졌습니다. 제가 그린 만화는 외설적인 경지에 가까워졌습니다. 아니, 솔직히 말씀드리자면, 저는 이 무렵부터 외설화를 베껴 몰래 판매하기 시작했습니다. 진을 사 마시기 위한 돈이 필요했기 때문입니다. 언제나 시선을 피하고 몸을 떠는 요시코를 바라볼 때마다 의심은 새로운 의심을 낳았습니다. 방어 수단이 전혀 없는 여자가 그 조그마한 가게 주인과 단 한 번만 관계를 가졌다는 게 과연 가능했을까요. 혹시 호리키와도? 아니면 제가 전혀 모르는 누군가와도? 저는 차마 그녀에게 직접 물어볼 용기를 내지 못했습니다. 늘 그렇듯 의심과 두려움에 몸부림치며 저는 진을 마셨습니다. 술에 취했을 때 가끔 소심하게 돌려서 물어보기도 했습니다. 그녀의 대답에 마음속으로는 바보같이 기뻐했다가 슬퍼했다가 했지만, 겉으로는 언제나 지나칠 정도의 익살을 떨었습니다. 그러고는 요시코에게 지옥 같은 혐오스러운 애무를 가한 뒤 깊은 잠에 빠지곤 했습니다.

그 해가 저물 무렵, 저는 어느 날 밤늦게 만취한 채 집으로 돌아왔습니다. 설탕물 한 잔이 마시고 싶어졌습니다. 요시코는 잠든 것처럼 보여서, 저는 직접 부엌으로 가 설탕 그릇을 찾았습니다. 뚜껑을 열고 안을 들여다보았습니다.

설탕은 없고, 얇은 검은색 골판지 상자 하나만 들어 있었습니다. 무심코 그것을 집어 들고 라벨을 읽었습니다. 저는 깜짝 놀랐습니다. 그 라벨은 손톱으로 절반 이상 긁혀 벗겨져 있었지만, 알파벳으로 된 부분은 그대로 남아 있었습니다. 거기에는 분명히 이렇게 쓰여 있었습니다.

DIAL

다이얼. 당시 저는 전적으로 술에 의존하고 있었고 수면제는 전혀 복용하지 않았습니다. 하지만 불면증은 만성 질환이었기 때문에 대부분의 수면제를 알고 있었습니다. 이 한 가의 내용물만으로도 죽음에 이를 수 있는 양이라는 것은 의심의 여지가 없었습니다. 상자는 뜯겨 있지 않았습니다. 분명히 요시코가 언젠가 죽고 싶다는 생각이 들었을 때, 나중에 필요할지도 모른다는 생각에 라벨을 긁어낸 후 여기에 숨겨두었을 것입니다. 가엾은 그녀는 알파벳을 읽지 못했고, 일본어로 된 부분만 손톱으로 긁어내면 충분하다고 생각했을 것입니다. 당신이 잘못한 게 아니야.

저는 아주 조용히, 소리가 나지 않도록 조심하며 물 한 잔을 채우고, 일부러 상자의 봉인을 뜯었습니다. 그리고 그 내용물을 전부 입에 털어 넣었습니다. 저는 침착하게 물 한 잔을 단숨에 마셨고, 곧바로 불을 끄고 침대로 갔습니다.

사흘 낮과 밤 동안 저는 죽은 듯 누워 있었습니다. 의사는 과실로 여겨 경찰에 신고하는 것을 미뤄주셨습니다. 제가 의식을 되찾기 시작했을 때 처음으로 중얼거렸던 말은 "집에 갈래."였다고 합니다. 저 자신조차도 그 '집'이 어디를 의미했는지 확실치 않지만, 어쨌든 그 말과 함께 저는 하염없이 울었다고 합니다.

점차 안개가 걷히듯 의식이 돌아오자, 제 베갯머리에는 넙치가 앉아 있었고, 그의 얼굴에는 몹시 불쾌한 표정이 서려 있었습니다.

"지난번도 연말이었지, 아마? 늘 연말처럼 모두가 정신없이 바쁠 때를 골라 이런 짓을 해요. 계속 이러다간 내가 먼저 죽을지도 모르겠군."

교바시 바의 마담은 넙치의 말을 듣고 있었습니다.

"마담." 제가 불렀습니다.

"응? 정신이 좀 들어?"

그녀는 웃는 얼굴로 제 얼굴 바로 위를 내려다보며 말했습니다.

저는 울음을 터뜨렸습니다.

"요시코랑 헤어지게 해줘."

그 말은 저 자신에게도 뜻밖이었습니다.

마담은 자리에서 일어나며 거의 들리지 않게 한숨을 내쉬었습니다.

그때 저는 전혀 계획하지 않았던, 너무나도 우스꽝스럽고 멍청한 말실수를 했습니다. 정말 말로 표현하기 어려울 정도였습니다.

"여자가 없는 곳으로 갈래."

가장 먼저 반응한 건 넙치였습니다. 그는 크게 웃었고,
마담도 웃음을 터뜨렸습니다. 저도 울음 속에서 얼굴이 빨
개지며 저도 모르게 웃고 말았습니다.

"훌륭한 생각이네."

넙치는 여전히 어이없는 웃음을 지으며 말했습니다.

"정말 여자가 없는 곳으로 가야겠어. 넌 여자만 있으면
모든 일이 꼬이잖아. 그래, 여자가 없는 곳. 아주 좋은 생각
이야."

여자가 없는 곳. 그리고 가장 끔찍한 건, 제 이 혼미한 중
얼거림이 나중에 정말로 끔찍한 방식으로 실현되었다는 사
실이었습니다.

요시코는 제가 수면제를 과다복용한 것을 자기 죄에 대
한 속죄로 받아들인 것 같았습니다. 그래서 그녀는 제 앞
에서 더욱 불안해 보였고, 좀처럼 입을 열려 하지 않았습니
다. 웃는 법도 잊은 듯 보였습니다. 아파트는 숨 막힐 듯 답
답했고, 결국 저는 늘 그랬듯 값싼 술을 들이켜러 밖으로
나가곤 했습니다. 그러나 다이얼 사건 이후로 제 체중은 눈
에 띄게 줄었고, 팔과 다리는 무겁게 느껴졌으며, 만화조차
그리기 귀찮을 만큼 무기력해졌습니다.

넙치는 제가 병상에 있을 때 돈을 조금 두고 갔습니다.
그는 "내가 주는 작은 선물이야."라며 마치 자신의 돈인 양

내밀었지만, 사실은 언제나처럼 제 형제들이 보내준 돈이라는 걸 짐작할 수 있었습니다. 다만 이번에는 넙치가 중요인물인 체하는 허세 너머로, 저도 그 정도는 꿰뚫어볼 수 있을 만큼 영리해져 있었기에, 아무것도 모르는 척 겸손하게 감사 인사를 했습니다. 그럼에도 불구하고, 왜 넙치 같은 사람들이 굳이 그런 복잡한 연극을 하는지에 대해서는 알 것도 같고, 모를 것도 같은 이상한 기분이 들었습니다. 저는 그 돈을 아끼지 않고 미나미즈 온천으로 혼자 떠났습니다. 그러나 저는 온천 여행을 여유롭게 즐길 만한 성격이 아니었고, 요시코 생각이 떠오르면 마음이 너무나 허무해져서 호텔 창밖으로 산을 바라보며 평온함을 느낄 여유조차 없었습니다. 옷을 갈아입지도 않았고, 온천욕도 하지 않았습니다. 대신 기념품 가게처럼 생긴 더러운 술집으로 뛰어 들어가 진을 마시며 흠뻑 취했습니다. 결과적으로 저는 그 여행을 통해 오히려 더욱 쇠약해진 상태로 도쿄에 돌아왔습니다.

도쿄로 돌아온 그날 밤, 눈이 세차게 내리고 있었습니다. 저는 진탕 술에 취한 채 긴자 뒤편의 술집 골목을 헤매며 혼잣말처럼 낮은 목소리로 계속해서 중얼거렸습니다. "여기서 고향까지는 수백 리…. 여기서 고향까지는 수백리…." 신발 끝으로 쌓여가는 눈을 툭툭 차며 걸었습니다. 그러다 갑자기 토했습니다. 피를 토한 건 처음이었습니다. 피는 눈 위에 거대한 일장기처럼 번졌습니다. 저는 한동안 그 자리에 쭈그리고 앉아 있었습니다. 그리고 두 손으로 아직 더럽혀지지 않은 눈을 퍼 올려 얼굴을 씻었습니다. 저는 울었습니다.

이건 어디로 가는 오솔길인가? 이건 어디로 가는 오솔길인가?

저 멀리서 어린 소녀가 부르는 듯한 노래 소리가 마치 환청처럼 희미하게 들렸습니다. 불행. 이 세상에는 참으로 다양한 불행이 존재합니다. 세상이 온통 불행한 사람들로 이루어져 있다고 해도 과언이 아닐 겁니다. 그러나 그 불행한 사람들은 적어도 세상과 정면으로 맞서 싸울 수 있습니다. 세상 역시 그러한 투쟁을 어느 정도는 이해하고 동정해 줍니다. 하지만 저의 불행은 철저히 저 자신의 악덕에서 비롯된 것입니다. 저는 누구와도 싸울 수 없었습니다. 항의나 반론 비슷한 걸 한 마디라도 입 밖에 낸다면, 넙치뿐만 아니라 온 세상이 어이없다는 듯이 외쳤을 것입니다. "아니, 저 자식이 무슨 염치로 그런 말을 해?" 저는 이기주의자였을까요? 아니면 그 반대로 지나치게 나약한 사람이었을까요? 스스로도 알 수 없습니다. 하지만 어느 쪽이든, 악덕 덩어리인 것만은 분명하고, 그 결과 저는 점점, 필연적으로 불행의 나락으로 떨어지고 있습니다. 그것을 막아낼 뾰족한 수단도 없습니다.

저는 눈 더미에서 일어나며 생각했습니다. '제대로 된 약을 빨리 구해야겠다.' 근처에 있는 약국으로 들어갔습니다. 문을 열고 들어서는 순간, 주인 여인과 눈이 마주쳤습니다. 그 찰나에 그녀의 눈은 휘둥그레졌고, 마치 플래시 불빛을 맞은 듯이 고개를 든 채 얼어붙었습니다. 그녀는 꼿꼿이 서 있었지만, 그 넓게 뜬 눈동자에는 놀람이나 반감이 아닌, 오히려 갈망, 구원을 바라는 듯한 눈빛이 담겨 있었습니다. 저는 생각했습니다. '이 사람도 불행한가 보다. 불행한 사람은 다른 사람의 불행에 민감한 법이니까.' 그제야 저는 그녀가 두 팔에 목발을 짚은 채 힘겹게 서 있다는 사실을 알아차렸습니다. 옆으로 달려가고 싶은 충동을 애써 누르며 저는 그녀의 얼굴에서 눈을 뗄 수 없었습니다. 눈물이 핑 돌았고, 그녀의 커다란 눈에서도 눈물이 그득 고여 있는 것을 보았습니다.

그게 전부였습니다. 저는 한마디 말도 하지 않고 약국을 나와 비틀거리며 다시 아파트로 돌아왔습니다. 요시코에게 소금물을 준비해달라고 부탁드렸습니다. 그것을 마신 뒤, 아무 말도 하지 않고 잠자리에 들었습니다. 다음 날 하루 종일 저는 감기 기운이 있는 것 같다는 거짓말을 핑계 삼아 침대에 누워 있었습니다. 그러나 밤이 되자, 몰래 토해낸 피에 대한 불안감이 너무 커져 도저히 참을 수 없어 침대에서 일어나 다시 약국으로 갔습니다. 이번에는 웃으면서 제 몸 상태를 그 여자에게 털어놓았습니다. 겸손하게 조언을 부탁드렸습니다.

"술을 끊으셔야 해요."

우리는 피를 나눈 가족처럼 느껴졌습니다.

"저, 알코올 중독일지도 몰라요. 그런데도 술이 마시고 싶어요."

"그러시면 안 돼요. 제 남편도 폐결핵을 앓으면서도 계속 술을 마셨어요. 술로 균을 죽인다고 하더라고요. 그게 결국 수명을 단축시켰죠."

"너무 불안해서 견딜 수가 없어요. 저는 아무짝에도 쓸모 없는 인간이에요."

"약을 드릴게요. 하지만 제발 술은 끊어요."

그분은 외아들을 둔 과부였습니다. 아들은 지방의 어느 의과대학에 다니다가 아버지와 같은 병으로 지금은 휴학 중이라고 했습니다. 시아버님은 중풍으로 몸져누워 계셨고, 본인도 다섯 살 때 소아마비를 앓은 이후로 한쪽 몸을 제대로 움직이지 못했다고 합니다. 그분은 목발을 짚고 가게 안을 이리저리 움직이며 선반에서 약들을 골라 하나하나 설명해주셨습니다.

"이건 혈액을 보충해주는 약이고, 이건 비타민 주사용 혈청. 여기 주사기도 있어요. 이건 칼슘 정제고 이건 위장이 탈 나지 않게 도와주는 소화제예요."

그녀는 반쯤 몸이 마비된 몸을 힘겹게 움직이면서도, 약 하나하나를 설명할 때마다 목소리에는 다정함이 가득 담겨 있었습니다. 하지만 이 불행한 여성의 애정은 결국 너무나도 강렬한 것이 되고 말았습니다. 마지막으로 그녀는 이렇게 말했습니다.

"이건 술이 너무 마시고 싶어 미칠 것 같은 순간에 쓰는 약이에요."

그러고는 작은 상자를 재빨리 포장했습니다.

그 약은 모르핀이었습니다.

그녀는 이 약이 술보다 해롭지 않다고 말했고, 저는 그대로 믿었습니다. 사실 그 무렵 저는 이미 술에 찌든 생활에 염증을 느끼고 있었고, 알코올이라는 악마에게 오랜 시간 사로잡혀 있다가 드디어 벗어날 수 있다는 사실에 기뻐했습니다. 단 한 치의 망설임도 없이 저는 팔에 모르핀을 주사했습니다. 불안감, 초조함, 소심함이 완전히 사라졌고, 저는 갑자기 낙천적이고 유창하게 말하는 사람이 되었습니다. 몸이 얼마나 쇠약해졌는지조차 잊은 채 힘차게 만화 작업에 몰두했습니다. 때때로 그림을 그리다가 혼자서 깔깔 웃음을 터뜨리기도 했습니다.

저는 하루에 한 번만 주사를 맞을 생각이었습니다. 하지만 그것이 두 번이 되고, 세 번이 되었고, 네 번이 되었을 때는 주사를 맞지 않으면 도무지 일을 할 수 없게 되었습니다.

약국 주인이 중독되면 큰일이라며 타이르기만 해도, 저는 벌써 꽤 중독자가 되어버린 기분이 들었습니다(저는 남의 암시에 아주 쉽게 영향을 받는 편입니다. 누군가 "이 돈은 아

껴야 해요. 하지만 어차피 쓸 거죠?"라고 말하면, 저는 그 기대를
저버리면 안 될 것 같은 착각에 빠져 결국 돈을 다 써버립니다.
매번 그래왔습니다). 이런 식의 중독자라는 불안감은 오히려
제가 더 많은 약을 찾게 만들었습니다.

"부탁이에요! 한 상자만 더 주세요. 월말에 꼭 갚을게
요."

"돈은 언제 주셔도 상관없지만, 경찰이 까다로워서…."

언제나 제 주변엔 어딘가 음험하고 탁하고, 수상한 분위
기가 떠돕니다.

"부탁이에요! 뭐라고 둘러대주세요. 경찰이 알아채지 못
하게 해주세요. 키스해드릴게요."

그녀는 얼굴을 붉혔습니다.

저는 이때다 싶어 이야기를 이어갔습니다.

"그 약이 없으면 일을 못 하겠어요. 제겐 일종의 에너지
원이에요."

"차라리 호르몬 주사는 어때요?"

"농담도 정도껏 하셔야죠. 그 약이든 술이든, 어느 쪽이
든 하나는 있어야 해요. 없으면 일 자체가 안 된다고요."

"술은 안 돼요."

"맞아요. 그 약을 시작한 이후로는 한 방울도 마시지 않
았어요. 덕분에 몸 상태도 아주 좋아졌어요. 저는 평생 이
런 시시한 만화만 그리며 살 생각은 없어요. 술도 끊었고,
이제 제대로 살아보려고 해요. 꼭 훌륭한 화가가 되어 보여

드릴게요. 이 위기만 넘기면 돼요. 그러니까, 제발요. 키스 한 번만 해주세요."

그녀는 웃음을 터뜨리며 말했습니다.

"정말 귀찮은 분이네요. 벌써 중독자가 된 건 아닐지 모르겠어요."

그녀는 목발을 짚고 덜컥거리며 선반 쪽으로 다가가 약을 꺼냈습니다.

"한 상자는 못 드려요. 다 써버릴 테니까요. 여기 반만 드릴게요."

"정말 인색해지셨네요! 뭐, 그게 최선이라면 어쩔 수 없지만요."

약을 들고 집에 돌아오자마자 저는 주사를 놨습니다.

요시코는 조심스레 물었습니다.

"안 아파요?"

"그럼 아프지. 그래도 해야 해. 아무리 아파도 이걸 해야만 일이 잘돼. 나 요즘 건강해진 거, 당신도 봤잖아." 그리고 장난스럽게, "자, 일하러 가자. 일! 일!"

한밤중에 약국 문을 두드린 적이 있었습니다. 그녀가 잠옷 차림으로 목발을 짚고 나오는 모습을 보자마자 저는 그녀를 끌어안고 키스를 했습니다. 울먹이는 척도 했습니다.

그녀는 아무 말 없이 약상자를 건넸습니다.

약이 술보다 더 혐오스럽고, 더 추악한 것이라는 걸 뼈저리게 깨달았을 때는 이미 제가 완전히 중독자가 된 뒤였습니다. 저는 정말이지 철저한 무뢰한이 되어 있었습니다. 약을 얻고 싶다는 일념으로 다시 외설 그림을 베껴 팔기 시작했고, 약국의 부인과는 말 그대로 아주 추잡한 관계까지 맺었습니다.

죽고 싶다. 이제까지 중에서 가장 죽고 싶다. 이젠 회복할 가망이 없다. 내가 무슨 짓을 하든, 어떤 걸 해보든, 결과는 모두 실패고, 내 수치에 덧칠을 하는 것뿐이다. 아오바 폭포를 자전거 타고 보러 간다는 꿈, 그건 애초에 나 같은 놈을 위한 게 아니었어. 앞으로 남은 건 그저 더럽고 치욕적인 죄가 또 하나 얹히는 것뿐이고, 고통은 더 심해질 뿐이다. 죽고 싶다. 죽어야 한다. 내가 살아 있는 것 자체가 죄다.

저는 아파트와 약국 사이를 반쯤 광기에 사로잡혀 서성였습니다. 제가 일을 더 하면 할수록 모르핀 소비량도 함께 늘었기 때문에 약국에 진 빚은 어마어마한 금액에 달했습니다. 그녀는 제 얼굴만 봐도 눈물을 흘렸고, 저도 함께 울었습니다.

지옥.

저는 마지막 수단으로, 지옥에서 벗어날 수 있는 유일한 희망으로, 아버지께 장문의 편지를 쓰기로 결심했습니다. 여성들과의 관계를 제외하고는 저의 처지를 솔직하고 정확히 털어놓았습니다. 이 시도가 실패한다면, 저는 목을 매달 수밖에 없다고, 마치 신의 존재에 모든 것을 건 도박 같았습니다.

그러나 결과는 상황을 더욱 악화시켰을 뿐이었습니다. 밤낮으로 기다리던 답장은 끝내 오지 않았고, 불안과 공포는 모르핀의 복용량을 늘리는 결과만 낳았습니다.

결국 어느 날 밤, 모르핀 주사 열 대를 맞고 강에 몸을 던지기로 결심했습니다. 그런데 그날 오후, 바로 그날로 정했던 오후에, 넙치가 호리키를 데리고 불쑥 나타났습니다. 마치 제 계획을 악마 같은 직감으로 냄새 맡기라도 한 듯이 말입니다.

호리키는 제 앞에 앉아, 제가 지금껏 한 번도 본 적 없는 다정한 미소를 지으며 말했습니다.

"피를 토했다면서."

그 다정한 미소가 너무 고맙고, 또 너무 행복해서 저는 얼굴을 돌리고 울어버렸습니다. 그 단 한 번의 부드러운 미소에 저는 완전히 무너지고 말았습니다.

저는 자동차에 실렸습니다. 넙치는 아주 차분하고, 어쩌면 연민이 담긴 듯한 조용한 말투로 제게 말했습니다. 당분간 병원에 가야 한다고, 모든 것을 자신들에게 맡기라고요. 저는 울음을 터뜨린 채, 두 사람의 결정에 순순히 따랐습니다. 마치 의지도 판단도 모든 것을 잃어버린 사람처럼요. 우리 넷(요시코도 함께였습니다)은 차를 타고 꽤 오랜 시간을 이동했습니다. 해 질 무렵, 숲속에 있는 커다란 병원의 입구에 도착했습니다. 저는 그곳이 결핵 요양원이라고 생각했습니다.

그 젊은 의사는 세심하게, 오히려 지나치게 배려하는 듯
한 태도로 제 진찰을 마쳤습니다.

"당분간 이곳에서 안정을 취하며 요양하셔야겠습니다."

그는 수줍은 듯한 미소를 띠며 그렇게 말했습니다. 넙치,
호리키, 그리고 요시코가 저를 남겨두고 떠나려 할 때, 요
시코는 갈아입을 옷이 든 보따리를 제게 건넸고, 조용히 허
리띠에서 주사기와 남아 있던 약도 꺼내 내밀었습니다. 그
녀는 정말로 그 약이 기력을 보충해주는 약이라고 끝까지
믿었던 걸까요?

"아니."

저는 말했습니다.

"이젠 필요 없어."

이건 정말 드문 일이었습니다. 제 인생에서 누군가가 건
넨 것을 제가 거절한 건, 단 한 번뿐이었다고 해도 과언이
아닐 것입니다. 제 불행은, 누군가의 제안을 거절하지 못했
던 사람의 불행이었습니다. 무언가를 거절하면 상대의 마
음과 제 마음 사이에 영원히 메워지지 않을 커다란 틈이 생
겨날 거란 공포에 짓눌려 살아왔습니다. 그런 제가, 그토록
갈망하던 모르핀을, 전혀 자연스럽게 거절했습니다. 요시
코의 신성할 정도로 순수한 무지 때문이었을까요? 그 순간,
저는 이미 중독자가 아니었는지도 모르겠습니다.

수줍은 미소를 짓던 젊은 의사는 곧장 저를 병동으로 안

내했습니다. 문이 닫히며 자물쇠가 덜컥 잠겼습니다. 저는 정신병원에 들어온 것이었습니다.

제가 수면제를 삼킨 후, 망상처럼 외쳤던 여자가 없는 곳으로 가겠다는 말은, 이렇게 기이한 방식으로 실현되었습니다. 병동에는 남자 환자들만 있었고, 간호사들조차 모두 남성이었습니다. 단 한 명의 여성도 없었습니다.

이제 저는 범죄자가 아닌 정신병자가 된 셈이었습니다. 하지만, 아닙니다. 저는 단 한 순간도 미친 적이 없습니다. 물론, 세상 모든 정신병자들이 다 그렇게 주장한다고는 하지만 말입니다. 결국 정신병원에 갇히면 미친 사람이고, 갇히지 않으면 정상인 것이겠지요.

신께 묻습니다. 저항하지 않는 것도 죄입니까?

제가 그토록 아름다운 호리키의 미소에 눈물을 흘리며, 신중함도, 저항도 잊고 차에 올라탔던 결과가 바로 이곳이었습니다. 그리고 이제 저는 정신병자가 되어 있었습니다. 설령 풀려난다 해도 제 이마에는 영원히 '폐인' 혹은 '광인'이라는 낙인이 찍혀 있을 겁니다.

인간 실격.

저는 이제 완전히 인간이기를 그만두었습니다.

처음 이곳에 온 것은 여름 초입이었습니다. 철창 너머로 병원 안 작은 연못에 핀 수련꽃이 보였습니다. 석 달 뒤, 정원에 코스모스가 피기 시작했을 무렵, 큰형과 넙치가 저를 데리러 병원을 찾아왔습니다. 전혀 예상치 못했던 방문이었습니다. 큰형은 특유의 진지하고 긴장된 목소리로, 지난 달 말 부친께서 위궤양으로 돌아가셨다고 전했습니다.

"과거에 대해서는 아무것도 묻지 않겠다. 생활비 걱정도 하지 말고, 아무 일도 하지 않아도 된다. 다만 부탁이 하나 있다. 도쿄를 당장 떠나라. 여러 가지 미련이 남겠지만, 시 골에서 새로 요양을 시작했으면 좋겠다." 그는 도쿄에 남겨 진 여러 일들은 넙치가 모두 처리할 것이라 덧붙였습니다.

제 눈앞에 고향의 산과 강이 펼쳐지는 듯한 느낌이 들었 습니다. 저는 희미하게 고개를 끄덕였습니다.

폐인. 그 말이 딱 맞았습니다.

아버지의 사망 소식은 저를 완전히 허물어뜨렸습니다. 한순간도 제 마음속을 떠난 적 없는, 그 익숙하고도 두려운 존재가 죽은 것입니다. 고통의 그릇이 텅 비어버린 듯한 느 낌이었습니다. 이제는 아무것도 저를 흥미롭게 만들 수 없 을 것 같았고, 고통조차 느낄 수 없게 되어버렸습니다.

형은 약속을 성실히 지켰습니다. 고향에서 남쪽으로 기 차로 네다섯 시간이 걸리는 바닷가 온천 마을에 저를 위해 집 한 채를 마련해주었습니다. 일본 그 지역치고는 드물게 따뜻한 곳이었습니다. 그 집은 초가지붕을 인, 제법 오래되 어 보이는 건물로 마을 외곽에 자리 잡고 있었습니다. 방이 다섯 칸이나 있었지만, 벽지는 다 벗겨져 있었고 목재는 벌 레 먹은 흔적이 너무 심해서 더는 손쓸 수 없어 보일 정도 였습니다. 형은 또 저를 돌보라고 예순에 가까운, 머리카락은 녹슨 철처럼 흉하게 붉은, 못생긴 여인을 보냈습니다.

그때로부터 3년쯤 흘렀습니다. 그동안 저는 그 늙은 하녀에게 이상한 방식으로 몇 차례나 유린당했습니다. 때때로 부부처럼 말다툼도 합니다. 폐 질환은 좋아졌다가도 나빠졌다가 하며, 몸무게도 따라서 오르내립니다. 때로는 피를 토하기도 합니다. 어제는 늙은 하녀 테쓰코를 마을 약국에 보내 수면제를 사 오라고 했습니다. 그녀가 사 온 약상자는 평소에 제가 쓰던 것과는 모양이 조금 달랐지만, 별로 신경 쓰지 않았습니다. 잠자리에 들기 전에 알약을 열 개 삼켰지만, 도무지 잠이 오지 않아 놀랐습니다. 그때 갑자기 복통이 밀려왔고, 저는 화장실을 세 번이나 들락거리며 심한 설사를 했습니다. 의심이 들어 약상자를 자세히 살펴보니, 그것은 수면제가 아니라 완하제였습니다.

배에 뜨거운 물주머니를 얹은 채 천장을 멍하니 바라보며, 테쓰에게 따져야 할지 고민했습니다. "이건 수면제가 아니에요. 완하제예요!"라고 말해볼까 생각했지만, 그만 웃음이 터졌습니다. '버림받은 인간'이라는 말은 아마도 희극적 명사일지도 모르겠습니다. 저는 잠자기 위해 완하제를 먹은 것입니다.

이제 제게는 행복도 불행도 없습니다.

모든 것은 지나갑니다.

그것이야말로, 지금까지 제가 불타는 지옥 같은 인간 사회 속에서 살아오며 단 한 번이라도 진실에 가까웠다고 느낀 유일한 것이었습니다.

모든 것은 지나갑니다.

올해로 저는 스물일곱이 되었습니다. 머리카락은 훨씬
더 희어졌고, 사람들은 대부분 저를 마흔이 훌쩍 넘은 사람
으로 봅니다.

후기

　나는 이 수기를 쓴 광인을 직접 만난 적은 없다. 그러나 내가 판단하기에 이 수기에 '교바시 술집 마담'으로 등장하는 듯한 여자와는 약간의 면식이 있다. 그녀는 왜소하고 병약해 보이는 여자로, 눈은 가늘고 치켜 올라 있으며, 콧날이 유난히 도드라져 있다. 전반적으로 아름다운 여자라기보다는 미청년 같은 인상을 준다. 수기에 묘사된 사건들은 주로 1930년 무렵의 도쿄를 배경으로 한 것 같지만, 내가 그녀의 술집에 처음 가본 것은 일본 군국주의자들이 노골적으로 설치기 시작하던 1935년 무렵이었다. 친구들의 권유로 두세 번쯤 하이볼을 마신 적이 있었을 뿐이다. 그러므로 나는 결국 수기의 주인공이자 그 기록을 남긴 남자를 직접 만나는 기회를 갖지 못했다.

　올해 2월, 나는 전쟁 중에 지바현 후나바시시로 피난한 친구를 방문하게 되었다. 그는 대학 시절부터 알고 지내던 지인으로, 지금은 모 여자대학에서 강의를 하고 있다. 내가 그를 찾은 주된 목적은 친척 중 한 사람의 혼사를 부탁하기 위해서였지만, 어차피 가는 김에 신선한 해산물도 좀 사서 집에 가져가야겠다는 생각도 있었다. 나는 배낭 하나를 짊어지고 후나바시시로 출발했다.

후나바시시는 진흙투성이 만을 끼고 있는 제법 큰 도시였다. 친구는 거기서 산 지 오래되지 않았고, 나는 주소까지 정확히 물어보았지만 누구도 그의 집이 어디인지 알려주지 못했다. 날씨는 춥고, 배낭 때문에 어깨가 아팠다. 바이올린 음악 레코드가 흐르고 있는 커피숍 안에서 들려오는 소리에 끌려, 나는 문을 밀고 들어갔다.

나는 어렴풋이 그 마담을 본 기억이 있었다. 그녀에게 자신에 대해 물어보자, 그녀는 과연 10년 전 내가 갔던 교바시 술집의 마담이었다. 이 사실이 확인되자 그녀도 나를 기억한다고 하였다. 우리는 과장된 놀라움을 표현하며 한참을 웃었다. 그 시절 사람들처럼 공습 중의 체험담 따위에 의지하지 않아도 이야기할 거리는 충분했다.

나는 말했다. "하나도 안 변하셨네요."

"아뇨, 벌써 늙었어요. 관절도 다 삐걱대고요. 젊어 보이시는 건 선생님이죠."

"말도 안 돼요. 저 이제 애가 셋이나 있다니까요. 오늘도 애들 먹일 해산물 사러 왔어요."

우리는 오랜만에 만난 친구끼리 주고받는 인사말과 함께 서로 아는 사람들의 근황을 묻기도 했다. 그런데 마담은 문득 조금 다른 어조로, 혹시 '요조'라는 사람을 아느냐고 물었다. 나는 그런 사람은 모른다고 대답했다. 그러자 그녀는 안으로 들어가 세 권의 노트와 세 장의 사진을 들고 나와

내게 건넸다. 그녀는 말했다. "소설 자료로라도 쓰실 수 있을지 모르겠네요."

나는 누가 억지로 건네는 소재로는 아무것도 쓸 수 없는 성격이라, 처음에는 펼쳐보지도 않고 그대로 돌려주려고 했다. 그러나 사진이 이상하게도 나를 끌어당겼고, 결국 나는 노트도 함께 받아들이기로 했다. 돌아가는 길에 다시 들르겠다고 약속하고, 혹시 내 친구가 어디 사는지 아느냐고 물었다. 그녀도 새로 이사 온 처지라 잘 알지 못할 줄 알았는데, 오히려 그녀는 그 친구가 가끔 자기 가게에 들르기도 한다며 바로 근처에 산다고 알려주었다.

그날 밤, 나는 친구와 술을 마시다 그의 집에서 하룻밤을 보내기로 했다. 그리고 노트 읽는 데 깊이 빠져들어 결국 밤새 한숨도 자지 못했다.

그 사건들은 오래전에 일어난 일이지만, 지금 사람들도 여전히 흥미로워할 거라고 나는 확신했다. 어설프게 고치기보다는, 있는 그대로 잡지사에 부탁해 통째로 실어달라고 하는 편이 훨씬 낫겠다고 생각했다.

아이들을 위한 이 고장의 기념품이라곤 말린 생선 몇 마리가 전부였다. 나는 여전히 반쯤 비어 있는 배낭을 메고 친구 집을 나와 다시 그 커피숍에 들렀다.

나는 바로 본론을 꺼냈다. "이 노트들, 잠깐 빌릴 수 있을까요?"

"그럼요, 물론이죠."

"이걸 쓴 사람, 지금도 살아 있나요?"

"저도 몰라요. 10년 전쯤이었나, 누가 이 노트랑 사진을 담은 소포를 제 교바시 집으로 보내왔어요. 분명 요조가 보낸 거였겠죠. 근데 이름도, 주소도 없었어요. 공습 때 다른 짐들이랑 섞여 있다가, 기적적으로 이 노트들만은 살아남았죠. 얼마 전 처음으로 그걸 읽어봤어요."

"울었나요?"

"아뇨. 울지는 않았어요…. 그냥 그런 생각만 계속 들더라고요. 인간이 저 지경이 되면, 정말 아무것도 못 하는구나."

"벌써 10년이 지났으니, 아마 지금은 죽었을지도 모르겠네요. 아마도 그 노트들을 보내온 건 일종의 감사의 뜻이었겠죠. 읽어보면 다소 과장된 부분도 있는 것 같지만, 분명 당신이 그에게서 엄청난 고생을 했다는 건 틀림없어요. 이 노트에 적힌 것들이 전부 사실이라면, 제가 그의 친구였다 하더라도 직접 정신병원에 넣고 싶었을 겁니다."

"그건 아버지 탓이에요." 그녀는 감정 없는 목소리로 말했다. "우리가 알던 요조는 정말 느긋하고 웃기는 사람이었어요. 술만 마시지 않았어도…. 아니, 술을 마셨더라도 좋은 아이였어요. 천사였죠…."

人間失格

작가 소개

다자이 오사무 太宰 治

다자이 오사무는 1909년 6월 19일 일본 아오모리현 가나기마치(현재의 고쇼가와라시)에서 정치적으로 유력한 지주의 아들로 태어났다. 본명은 쓰시마 슈지(津島 修治)이며, 유복한 환경에서 성장했으나 어린 시절부터 가족과의 거리감, 존재에 대한 불안 등을 겪었다. 도쿄제국대학 불문과에 입학했으나 학업에는 흥미를 느끼지 못하고 방탕한 생활을 이어갔으며, 여러 차례 자살 시도를 하며 방황했다. 1933년 단편 「역행(逆行)」으로 문단에 데뷔했고, 이후 자전적 색채가 짙은 작품들을 발표하며 독자들의 큰 공감을 얻었다. 1940년대에 접어들며 『인간 실격(人間失格)』과 『사양(斜陽)』 같은 대표작을 통해 일본 문단에서 독보적인 위치를 차지하게 되었다. 특히 인간 존재의 고통, 소외감, 허무를 정직하고 절박하게 그려낸 문체는 당대 젊은이들에게 깊은 영향을 주었다. 그러나 말년에도 우울과 중독에서 벗어나지 못했고, 1948년 6월 13일 연인 야마자키 도미에와 함께 다마가와 강에서 투신, 39세의 나이로 생을 마감했다. 다자이 오사무의 주요 작품으로는 『인간 실격』『사양』『쓰가루(津軽)』『달려라 메로스(走れメロス)』『사양 일기(斜陽日記)』 등이 있다.

기획자 소개

김경일(인지심리학자·아주대학교 심리학과 교수)

우리나라의 대표적인 인지심리학자. 현재 아주대학교 심리학과 교수로 재직 중이다. 고려대학교 심리학과와 동 대학원을 졸업한 후 미국 텍사스 주립대학교 심리학과에서 박사 학위를 받았다. 인지심리학 분야의 세계적 석학인 아트 마크먼 교수의 지도하에 인간의 판단, 의사결정, 문제해결 그리고 창의성에 관해 연구했다. 수많은 기관과 기업에서 왕성하게 강연 활동을 하고 있으며, 〈어쩌다 어른〉〈세바시〉〈요즘책방:책 읽어드립니다〉등 다수의 방송 프로그램에도 출연하고 있다. 유쾌하고 신선한 강의로 수많은 사람을 매혹시키고 있는 그는 세계적으로 유명한 학자들의 논문과 실험을 우리의 삶과 연결시켜 쉽게 전달하는 데 애쓰고 있다. 저서로는 『김경일의 지혜로운 인간생활』『적절한 좌절』(공저) 『내향인 개인주의자 그리고 회사원』(공저) 『마음의 지혜』『적정한 삶』등이 있다.

인간 실격

초판 1쇄 인쇄 2025년 7월 20일
초판 1쇄 발행 2025년 7월 30일

기   획   김경일
지 은 이   다자이 오사무
옮 긴 이   저녁달 편집부
발 행 인   정수동
편 집 주 간   이남경
책 임 편 집   김유진

발 행 처   저녁달
출 판 등 록   2017년 1월 17일 제2017-000009호
주   소   경기도 파주시 문발로 142 니은빌딩 304호
전   화   02-599-0625
팩   스   02-6442-4625
이 메 일   book@mongsangso.com
인 스 타 그 램   @eveningmoon_book
유 튜 브   몽상소

I S B N   979-11-89217-64-8   04800
I S B N(세트)   979-11-89217-31-0   04800